中华先锋人物
故事汇

王继才　王仕花
坚守开山岛的夫妻哨

WANG JICAI　WANG SHIHUA
JIANSHOU KAISHAN DAO DE FUQISHAO

王巨成　著

党建读物出版社　

图书在版编目（CIP）数据

王继才 王仕花：坚守开山岛的夫妻哨／王巨成著．—南宁：接力出版社；北京：党建读物出版社，2024.1

（中华人物故事汇．中华先锋人物故事汇）

ISBN 978-7-5448-8403-7

Ⅰ.①王… Ⅱ.①王… Ⅲ.①传记小说–中国–当代 Ⅳ.①I247.5

中国国家版本馆CIP数据核字(2023)第247223号

王继才 王仕花——坚守开山岛的夫妻哨

王巨成 著

责任编辑：李雅宁 张学民
文字编辑：杨文怡
责任校对：杨 艳 阮 萍
装帧设计：严 冬　美术编辑：高春雷
出版发行：党建读物出版社　接力出版社
地　　址：北京市西城区西长安街80号东楼（邮编：100815）
　　　　　广西南宁市园湖南路9号（邮编：530022）
网　　址：http://www.djcb71.com　　http://www.jielibj.com
电　　话：010-65547970/7621
经　　销：新华书店
印　　刷：北京科信印刷有限公司
2024年1月第1版　2024年1月第1次印刷
787毫米×1092毫米　32开本　5.75印张　86千字
印数：00 001—10 000册　定价：28.00元

版权所有　侵权必究

质量服务承诺：如发现缺页、错页、倒装等印装质量问题，可直接联系本社调换。
服务电话：010-65545440

目 录

写给小读者的话 ············· 1

爸爸去哪儿了 ············· 1

热锅上的蚂蚁 ············· 9

破纪录 ············· 19

变成"野人" ············· 27

红色基因 ············· 39

铭记一生的时刻 ············· 47

一个人的小岛 ············· 55

强台风来袭 ············· 63

孤独是一把钝刀子 ············· 71

辞职上岛·············79

背包带，系生死·············87

海上五星红旗·············93

亲爱的绿·············99

如果小狗会说话·············107

非做不可的事·············115

孤岛的浪漫·············121

"一点儿也不好玩"·············127

刻骨铭心的饥饿·············137

跌跌撞撞长大·············145

贫困中的坚守·············155

永远的守岛人·············165

写给小读者的话

在我国灌河的入海口，有一座孤悬海中的小岛，名叫"开山岛"。

这座岛由黑褐色的岩石构成，外围布满陡崖。它海拔约36米，面积仅1.3万平方米，相当于两个足球场大小。

看似不起眼的开山岛，却是国防战略要地。一九三九年，侵华日军正是以开山岛作为跳板攻占灌河南岸。

从一九六一年起，开山岛开始由部队驻守。驻岛解放军依山建造了五十多间营房，它们层层叠起，在海雾中若隐若现，望见岛屿的人，无不惊讶这是一座"海上布达拉宫"。

然而再像宫殿也不是宫殿。开山岛的环境极其恶劣，常年受台风侵袭，岛上没有泥土和树木，没有淡水，也没有电。一九八五年驻岛部队撤编后，灌云县人民武装部接过守岛任务，开始派民兵上岛。

去过的人都说：这座岛，不是人待的地方。

一九八六年七月十四日，二十六岁的王继才，登上开山岛，成了新的守岛哨兵。随后，他的妻子王仕花也登岛驻守。

二〇一八年七月二十七日，王继才巡岛时突发疾病，倒在了环岛的台阶上，再也没有醒来……

这一年王继才年仅五十八岁。

王继才和他的妻子王仕花守岛三十二年。

三十二年！

一个人的一生有多少个三十二年？

三十二年，只做一件事：守岛。

理由只有一条："家就是岛，岛就是国，开山岛虽小，却是祖国的东门，你不守，我不守，谁来守？"

有了这条理由，两人以超乎常人想象的坚忍、担当、乐观，与寂寞、病患、贫穷、恶劣的环境、物质的诱惑以及不法分子做了艰苦卓绝的抗争。

守岛三十二年，两人有二十七年的春节是在岛上度过的。

守岛三十二年，二十六年没有电。

守岛三十二年，老父亲老母亲先后去世，作为儿子，王继才未能尽到孝道，连父母的最后一面都没有见上。

守岛三十二年，大女儿王苏的婚礼，儿子王志国大学毕业的典礼，最需要父亲送上祝福，王继才也遗憾地缺席了。

三十二年间，守岛高于一切。

王继才去世后，王仕花继续坚守开山岛。

王仕花退休后，心依然牵挂着开山岛，担任了开山岛民兵哨所名誉所长，经常上岛去看望守岛的民兵。每年春节，王仕花都要带着儿女以及孙辈去开山岛过年。在心底,她始终认为王继才还在那里,还在守着开山岛,带孩子来就是跟王继才"团圆"。

王仕花和王继才是夫妻,更是战友,他们同一年上岛,都把自己最宝贵的年华献给了开山岛。

王仕花不止一次明确地告诉她的孩子:"开山岛就是我们的家。"这"家教"不曾改变。

"开山岛就是我们的家",王继才和王仕花两位英雄用三十二年的岁月诠释了这句话的意义。

爸爸去哪儿了

这几天爸爸王继才有些反常。

不过,在三岁的王苏心里,不会去想为什么,不但不会,她恰恰喜欢爸爸这种反常。

这不,王继才刚从外面回到家,就来到王苏的跟前,蹲下身子,看着她圆乎乎的脸,柔声问:"想不想爸爸带你去玩?"

王苏毫不含糊地说:"想!"

于是,王继才伸出他结实有力的胳膊,一把抱起王苏,轻轻松松举起来,让她骑到自己的脖子上。

王苏的脸笑成了一朵花。

大多数时候,王苏是由爷爷奶奶照顾的,他们虽然也带王苏玩，但都没有像爸爸这样。

父女俩朝村口走去。

太阳还高悬在天空，大地热烘烘的。不一会儿，爸爸也好，王苏也好，头和脸上都冒出了豆大的汗珠。

父女俩谁也没有把炎热当回事。一路上，王继才乐呵呵地笑着，把自己当作一匹马，不住地颠簸着，颠得王苏兴奋地挥舞着手，咯咯的笑声像串串珠子落到地上又飞到半空。

骑在爸爸的脖子上，王苏觉得自己很高大，比魁梧的爸爸还要高大。当然，王苏也觉得自己很了不起，只要她愿意，她就可以摘下那些长得很高的树上的树叶；只要她愿意，她就可以去捉树上不停叫着的知了。

村里的一条狗看见这对父女，莫名其妙地叫唤了几声，王苏响亮地对狗说："我才不怕你哩！"

王继才跺了跺脚，狗无趣地闭上了嘴巴。

王苏马上说："爸爸，我不怕狗！"

"是呀是呀，我们家王苏是个勇敢的孩子！"王继才说，"一个勇敢的孩子还会怕一条狗吗？"

爸爸去哪儿了　3

每次带王苏出去玩,王继才总会对王苏说很多话,似乎没有把她当成一个三岁的孩子。王苏虽然不完全理解那些话的意思,但她喜欢爸爸跟她说话的声音,有点轻,有点柔,似乎怕吓着她。

王继才说:"王苏呀,你快快长大,长大了帮妈妈做家务,帮爸爸照顾爷爷奶奶!"

"王苏呀,你要听妈妈的话,妈妈要上班,要做饭,要洗衣服,要打扫卫生,要备课批改学生作业……妈妈够辛苦的了,你可别让妈妈操心!"

"王苏呀,你可不能玩水、玩火,那都是很危险的东西!"

"王苏呀,等上学了,要做好学生,要好好读书,将来要读初中,读高中,还要考大学。教师家的孩子嘛,怎么说也要做得不比别人差!"

……

其实,王继才难得陪王苏出来玩。

王继才是个大忙人,他既是连云港市灌云县鲁河乡的民兵营长,也是鲁河村的生产队队长,每天总有很多的事情等着他去做。平时王继才身体里就像装了发动机,来来去去,风风火火,不要说跟王苏玩了，许多个早晨，王苏还在梦乡里时，他就已经出了家门，而到晚上，王苏已经熟睡了，他才回来。

王苏觉得，家对爸爸来说，就像是旅店。

将以往和今天相比，王苏得出了一个最简单的结论：以前的爸爸不像"爸爸"，现在的爸爸才像"爸爸"。

她自然喜欢现在的爸爸。

可以说，在王继才更像"爸爸"的那几天，是王苏童年里最为幸福的时光。

妈妈王仕花也喜欢现在的"爸爸"王继才。

这两天，王继才常安心地听王仕花讲学校里各种琐碎的事情，而不像过去那样心不在焉。每每吃过饭，王继才就抢在王仕花的前面收拾碗筷，去厨房洗刷。家里的角角落落被王继才打扫了一遍，窗玻璃也擦得干干净净。他还把菜地里的杂草除了一遍……

王继才还时不时偷偷地看王仕花，看她操持家务，看她灯下读教育方面的书……如果四目相对，他就闪开目光,有点不好意思地冲妻子笑笑。等王仕花不注意,他的目光又望过来……

那是深情的目光,是缠绵的目光,也是不舍的目光。

王仕花打趣道:"看什么呀?还能在我的脸上看出一朵花来?"

明明是一句玩笑话,哪想到王继才认真地说:"你就是一朵花!你的名字不是带着花吗?"

尽管喜欢这样的王继才,但是王仕花的心里还是打了一个大大的问号:孩子的爸爸怎么忽然就变了个样儿?别不是犯了什么错误而瞒着我吧?可是,真要是犯了错的话,他一定会主动跟我讲的。

王继才可不是一个遮遮掩掩的人,更何况他们是一对恩爱的夫妻。当初之所以选择王继才,王仕花看重的就是他的能干、踏实、为人真诚。

也许是我想多了吧。王仕花在心里说。

然而,她很快发现自己的疑虑不是多余的。

这一天,窗户刚刚透进蒙蒙的亮光,王继才便起床了,王仕花没有在意,对此她习以为常。吃过早饭，王继才拎着一个大帆布包出了门。在门口，他顿了顿，似乎想对王仕花说什么，然而只是笑了笑。

那笑里似乎又包含了千言万语。

王仕花还是没有太在意，因为王继才昨晚对她说了，他今天要去燕尾港。

至于去燕尾港做什么，王继才没提，王仕花也没问。一个生产队队长、一个民兵营长，经常去燕尾港镇是不奇怪的。

等王继才大步流星地走了，王仕花脑子里才闪过一连串疑问：他今天咋还背个包？那包里装的是什么？什么时候收拾的？

中午，王继才没有回来吃饭。

这也是正常现象。

王仕花以为王继才晚上肯定会回来吃晚饭，结果王继才不但没有回来吃晚饭，而且也没有回来睡觉。

由那个包王仕花想到了这样一种可能性：王继才一准儿是去参加民兵集训了，农闲时节民兵是经常集训的。

可她转念一想，参加民兵集训既然不是什么见不得人的事，怎么就不能跟她明说了呢？难道民兵集训还要保密吗？

王仕花在心里有点埋怨，但埋怨也没有用，那时候家里还没有电话，她能做的就是等，等王继才自己回来。

不用说，只要王继才回来，她一定会把埋怨"发泄"出来。

王苏自然不会像妈妈这样想，她心里惦记的是爸爸回来跟她玩。

"爸爸去哪儿了？"她一遍一遍地问妈妈。

"苏苏要爸爸！"她一遍一遍地告诉妈妈。

王仕花有些不耐烦："苏苏，你别烦妈妈，明天爸爸就回来了！"

这一天是一九八六年七月十四日。

从这一天起，王苏的童年注定要和别的孩子不一样了。

热锅上的蚂蚁

"爸爸今天回来吗?"第二天,王苏一起床就着急地问妈妈。

王仕花毫不犹豫地说:"放心吧,爸爸今天肯定回来!"

到了中午,在王继才该回来的时候,王苏兴冲冲地一次次跑出家门,要迎接爸爸,要跟爸爸玩。

然而,她也一次次失望地嘟着嘴巴回来。

王继才还是没有回家吃午饭。

饭桌上,王苏的奶奶看了看爷爷,对嚷着要爸爸的王苏说:"你爸那么大的一个人,还怕他丢了呀?一准儿是去执行任务啦。"

这话其实也是说给王仕花听的。

王仕花认可这个解释，但她还是在心里犯嘀咕：执行任务就执行任务呗，还不能告诉我一声呀？我什么时候阻拦你去工作了？

显然，等王继才回来，他需要给王仕花一个说法。

这样惦记着，王仕花就盼着时间快点走，她估摸王继才下午怎么也该回来了。

不知不觉到了黄昏，眼看着太阳快要落山了，可还不见王继才的人影。王仕花终于意识到事情不对劲了，她脑中浮现出王继才近日的种种"反常"：一个经常离家执行任务的人，干吗这次走之前要跟我抢家务活儿干？干吗用那样的眼神看我，还特意陪女儿出去玩？

这一切绝不会是他心血来潮，一定有什么特殊原因。还有那个包，里面应该装了出门用的东西，说不定走的时候他就没打算第二天回来，而且肯定不是走一两天。但是，以前执行任务哪一次王继才没跟她说呀？怎么这次只字未提？到底是什么事情需要瞒着她？

这是他们结婚以来王仕花从未遇到过的情况。

恩爱的夫妻本不该互相隐瞒，而以王继才的为人，他通常也不会这样做的。

王仕花真是说不出的后悔，后悔在心里刚起疑惑的那个时候，没有追问下去。只要她"穷追不舍"，王继才肯定什么事也瞒不住她。她真是粗心呀，即使不去追问，最起码也该看看那个包里究竟装了什么东西。

王仕花还后悔自己白白浪费了那天下午的时间，她完全可以抓紧时间亲自去一趟燕尾港镇，找一找王继才。

越是这样后悔，王仕花越是着急知道王继才到底去了哪儿，去做什么事。

王苏从妈妈的脸上觉察到了异样，这异样让她更加不依不饶地嚷着要爸爸，好像爸爸是被妈妈存心藏起来的。

王仕花被王苏闹得有些心烦，只得拉起王苏的手，说："走，我们去找爸爸！"

王仕花想去村里打听一下，特别是问问村里的民兵，看他们谁知道王继才去哪儿了，又去执行什么任务了。

民兵总该知道他们营长的去向吧？

然而，王仕花找到的第一个民兵一脸诧异地告诉她："最近我们没有训练任务呀！"

王仕花心里咯噔了一下，看来事情比她想象的要严重。

第二个民兵告诉她，昨天早上他看见王继才了，还问了王继才去哪儿，但王继才可能是走得太急了，并没有顾上回答他。

此时，王仕花的心里越发不安。她竭力在脑海里搜寻，试图找出王继才为什么会不辞而别的线索……

就在这时，王苏跑了起来，跑向一个人，边跑边喊："爷爷，爷爷，我要爸爸！爸爸去哪儿了？"

爷爷王金华扛着铁锹刚从地里回来。

王金华看见了王仕花眼睛里的泪光。

"爸爸去执行任务啦！"他对王苏说。

他又对王仕花说："回家吧，我知道继才去干啥了……你放心，继才没有做对不起你和孩子的事。"

王仕花愣愣地看着王金华。原来父亲什么都知道，想必母亲也知道，王继才居然只瞒了她。

王仕花既委屈又难过，眼泪忍不住涌出来，滑过脸颊，落到地上。

"回家吧，回家爸跟你说。"王金华的语气里带了一丝歉意。

"妈妈哭了，苏苏也要哭了……"王苏瘪着嘴说。

王仕花忙擦去眼泪，对王苏说："妈妈没哭，妈妈没哭！"

王苏马上高兴起来："苏苏也不哭，苏苏要做勇敢的孩子！"

回到家里，王金华把什么都说了，他说得很平静，也很轻松，似乎王继才就是去燕尾港镇赶集了。

但王继才终究不是去赶集，而是真的执行任务去了，只是这次任务不同以往。这次，他是一个人去的。

"……就是我们燕尾港镇的开山岛，岛不大，但是在军事上很重要，当年日本兵攻占灌河南岸时，就是以开山岛为跳板……以前开山岛是解放军驻守的，后来部队撤编了，就派民兵驻守。听说上面条件还不错……"王金华用拉家常的口吻说。

然而，父亲虽然人生经历丰富，但他并没有上过开山岛。

王仕花听说过开山岛，因为民兵联合演习时王继才上过开山岛。王仕花还从学校的孩子那里听过关于开山岛的一首歌谣："石多水土少，台风四季扰。飞鸟不做窝，渔民不上岛。"

王仕花正犹豫着要不要把这首儿歌念给孩子的爷爷奶奶听，却没想到王苏兴奋地叫道："爷爷，我要去开山岛！"

王苏以为开山岛就是孙悟空的花果山，那可是她最向往的地方，她还想亲眼看一看孙悟空呢。

王金华笑笑，说："开山岛可不是小孩子去的地方！"

"我就要去！"王苏倔强地说。爸爸去的地方，她当然要去了，她要跟爸爸玩。

这时候，王苏的奶奶魏家芳的目光一会儿落到王金华的脸上，一会儿又落到王仕花的脸上，目光里满是忧虑。

魏家芳本来并不了解开山岛，等她知道那其实是个荒岛后，就深深感到这个家遇到了一种危机。

知道爱人去了开山岛，王仕花略略安心了一些。她随口问了一句："继才要在岛上待几天？"在她看来，王继才会待上两三天，最多待一个星期，然后便回来，该做什么事，继续做什么事。

魏家芳看着王金华，王金华愣了愣，然后表情严肃地对王仕花说："民兵也是兵，是兵就得保家卫国。开山岛是中国的岛，上面必须有兵守着！"

王仕花怔住了。

"兵""保家卫国""守着"，作为人民教师的王仕花能掂量出这些词的分量。这么一件有分量的大事怎么就落到王继才的头上了？如此看来，两三天、一个星期是回不来了。那么，一个月之后呢？

王仕花想问，又不敢问。

看见王仕花有些发蒙，王金华缓了语气，带着歉意对她说："仕花，难为你了！爸知道你是一个通情达理的好媳妇……"

这句话透露了王金华的真实心态。他很清楚，守岛的王继才不容易，留在家里的王仕花同样不容易。

魏家芳也附和着对王仕花说："仕花，你等着二子呀！"

二子指的是王继才，因为在兄弟姐妹里，他排行老二。

尽管王继才和王仕花是一对恩爱的夫妻，但魏家芳清楚，再恩爱的夫妻长久地不在一起，也是会出问题的。她一点儿也不希望因为这件事而把一个好好的家拆散了。

老人的话像两块巨大的石头，重重地压在王仕花的心上。

这一夜，王仕花失眠了。

不但失眠，她的泪水还不住地流出来，打湿了枕头。一开始，那是委屈难过的泪水：难道在你王继才的眼里，我是一个不明事理的人吗？你常常忙于村里的工作，忙于民兵训练，我有过半句怨言吗？我知道保家卫国是大事，可是事再大也不是你瞒着我的理由呀。

一个月王仕花是能坚持的,她也必然会等着王继才。可是,一个月之后王继才要是还不回来呢?是不是夫妻俩从此就天各一方?

难道等待是她唯一的选择吗?

尽管王金华说"上面条件还不错",但他毕竟没有上过开山岛,而且那首儿歌也不是随便编的。不管怎么说,一个人守着茫茫大海上的一个孤岛,想想都令人感到害怕,至少心里没底呀。

王继才能坚持吗?在岛上,他得自己做饭,自己洗衣服,自己照顾自己,连个说话的人都没有,真是苦了他了,可千万别头疼脑热什么的,要是生了病,她可没法照顾他,他也没法及时去看医生。要是事先知道他去守岛,她一定替他备一些常用药。

他衣服带足了吗?吃吃喝喝可不能马虎呀。那一个包能装多少东西呀?当时看上去也不像出远门的样子呀。当时他要是告诉她实情,她肯定好好帮他准备上岛的各种物品,吃的、穿的、用的,她都会为他考虑周全……

这时候,王仕花委屈的泪水又变成了心疼的

泪水。

"你这个死脑筋，你要是告诉我，起码我还能帮你多收拾一些带上岛的东西呀……"

王仕花心里乱成一团麻，她不知道自己现在还能做什么。

更要命的是，王继才离开的第三天，超强台风来了。

台风会经过开山岛吗？要是经过开山岛，王继才住的房子会漏雨吗？深更半夜，风要是把屋顶掀翻了，他该怎么办？那时候他是不是逃没地方逃，躲没地方躲，只能任凭风吹雨打……

王仕花感觉自己成了热锅上的蚂蚁。

破纪录

时间迈着固定的步伐往前走,王仕花的生活却因王继才的离开而变成一片巨大的空白,那里面本来装着寻常人家的温馨,装着柴米油盐的欢乐,装着平凡日子的各种滋味……

还有王仕花对生活的热爱。

然而,王继才偏偏不要这种生活,偏偏不辞而别去守岛,硬生生地将她推进巨大的空白里。

在这种空白里,王仕花像一只断了线的风筝,提不起劲,失魂落魄,没有方向,随时要从天空跌落到地上。

每次从外面走回家时,王仕花总不由自主地幻想,今天王继才会不会突然回来了?说不定她马上就看见王继才壮实的身影，听见王继才憨厚的笑声，看见王继才在她的目光注视下，脸上不由得流露出幸福的略带羞涩的表情……

可是，每一次她都失望了。

不知道是刻意地，还是实在无话可说，家里的两位老人在王仕花面前几乎不提王继才，只有王苏时常闹着要爸爸，要去开山岛。

就这样，不知不觉一个星期过去了。

王继才在岛上过得怎么样？吃得好吗？睡得好吗？有没有头疼脑热什么的？……王仕花还是没有爱人的任何消息。

你怎么就不捎一个口信回来，报一个平安呢？真是个混账家伙！王仕花的心里已经不只是埋怨了。

王仕花曾听到王苏问奶奶爸爸什么时候回来。

魏家芳说："快了，快了，你爸爸快回来了！"

这话分明是有些敷衍的，但是王仕花还是愿意相信王继才就要回来了，毕竟执行任务一个星期的时间，已经打破过去的纪录了。

然而，又过去了一个星期，王继才依然没有回家，依然没有他的任何消息。

王仕花盼着暑假早一点儿结束，因为暑假结束了，她就可以去学校了，可以整天跟孩子们在一起，有忙不尽的事务，这样她的心里或许会好受一些。

当然，最好的结果是，暑假还没结束，王继才就完成任务回来了。

毫无疑问，只要王继才回来，王仕花是绝对不会给他好脸色的，哪怕只是做做样子。

这一天，王仕花在燕尾港镇遇到了学校里的一位年轻女教师，平日里她们两人关系很好。

女教师的目光在王仕花的脸上扫了扫，说："仕花，你好像瘦了点。"

"我瘦了吗？"王仕花伸手在自己的脸上抹了一把。

"你瘦了，气色也不太好。"女教师肯定地点点头，"暑假里你忙什么呢？"

王仕花不由得叹息了一声。王继才离开家快二十天了，这段时间对她来说简直就是度日如年，她夜里常常失眠，哪能有好气色呢？

"你不会跟你们家王继才吵架了吧？"女教师半开玩笑地说。

王仕花只得说起王继才去开山岛的事。

女教师吃惊地叫起来："天哪，去了开山岛！你知道开山岛是什么样子吗？它根本就不是人待的地方呀，说它是'水牢'还差不多……"

这话是王仕花不爱听的，她说："那里以前不就是解放军驻守的吗？"

"解放军是解放军，你家王继才是解放军吗？"

"王继才是民兵，民兵也是兵！"

"反正你家王继才不能跟解放军比！你要是去开山岛看看，就知道我为什么这样说了。"女教师还提到了开山岛的那首歌谣。

这些话在王仕花的心里掀起了巨浪：她竟然什么事也没有做，白白等了这么长的时间！都快二十天了呀，这段日子里，王继才到底过得怎么样，有没有生病，要是有个好歹……

王仕花不敢想下去了。

跟女教师分别后，王仕花来到大海边，以为能看见开山岛,结果眼前只有茫茫无际的滚滚波涛。

王仕花对着大海,在心里咬牙切齿地骂道:王继才,你就是一个大浑蛋!

回到家,王仕花对孩子的爷爷说:"我要上岛去找王继才,要是不去看一眼,这日子就没法过了,等暑假结束了,我也没法安心上班!"

泪水在王仕花的眼眶里打转。

"是呀是呀,都这么长时间了,也不知道二子好歹!"魏家芳附和说。

她是希望王仕花上岛看看的,王仕花上岛看了,就等于他们老两口也上岛看了,也就放心了;而且,王仕花还可以给王继才带一些生活用品过去。

王金华沉默片刻,告诉王仕花,这事可以去问问县人民武装部的王长杰部长,王继才的任务就是他安排的。

第二天,王仕花就去了县人民武装部。

见到王长杰部长并自报家门后,她开门见山地说:"王部长,我要去看王继才,请您批准!"

王部长愣了愣,说:"王仕花,你的心情我理解。请你放心,王继才在岛上生活得很好,身体也很健康,我和他经常联系。至于上岛的事,七八月份海上风浪总是很大,从安全角度考虑,我不建议你去……"

"您真的经常跟王继才联系吗?"王仕花还是不放心。

"当然,人是我派过去的,我要对他负责是不是?"

王仕花继续坚持道:"王部长,我只是去看看!说来,这事还要怪王继才呢,他上岛我压根儿就不知道,更谈不上替他准备换洗的衣服这些生活用品了。您就让我去吧,我只是看看,跟他说几句话,再带点东西过去。要是不去看一眼,我的日子就没法过了……"

她说着说着就哽咽了,眼泪也落了下来。

王仕花的泪水打动了王部长,他答应王仕花一个月之后带她去看王继才。

尽管王部长答应了请求,可王仕花丝毫高兴不起来。王部长的话等于变相地告诉她,再过一个月,王继才也不会回来,他需要继续执行任务。

如此,她更应该上岛看王继才了。

目送着王仕花远去的背影,王部长在心里说:王仕花,对不起了,开山岛必须有人守着!

开山岛一直是王部长的心病。

开山岛是战略要地,曾经有一个连的解放军驻守。解放军撤离开山岛后,守岛的任务就交给了地方。灌云县人民武装部先后派出了十多位民兵执行守岛任务,遗憾的是,他们无一例外都没能坚持下来,其中最长的待了十三天,最短的只待了三天。

这些人有一个共同的感受:开山岛实在不是人待的地方。

但是条件再艰苦,岛也必须得有人守着呀!

王继才是王部长选中的新的守岛人,看中王继才的原因是:他能干,肯吃苦,而且还是老革命的后代。

从王继才上岛的那天起,王部长就提心吊胆地一天一天数着日子,他最怕的就是王继才在某一天向他提出要回家。

但令王部长欣慰的是，王继才已经打破了十三天的纪录，并且至今没有提出回家的请求。

当然，王部长要的不是王继才打破纪录，而是希望他能一直守下去。他深知，守岛最艰难的就是一开始，在这个时候他怎么能轻易答应王仕花上岛呢？王仕花要是去了，王继才的意志就可能会被动摇，他可能会改变主意，那前面近二十天的考验就前功尽弃了。因此，就算王仕花实在要去，也得等一个月之后。

王部长相信，一个月之后，王继才要是还没有提出"我要回家"，那就意味着他度过了守岛最艰难的阶段。

为了帮助王继才度过这最艰难的阶段，防止他打退堂鼓，王部长还"狠心"地跟海上的渔船打了招呼："你们帮王继才捎带生活用品是可以的，但谁也不能把他捎下岛。"

变成"野人"

在煎熬的等待中,王仕花终于可以上岛了。

这一天是王继才上岛的第四十八天。

王仕花离开家的时候,王苏还哭了一场。她的想法很简单:开山岛一定是一个非常好玩的岛,甚至比花果山还好玩,要不爸爸怎么一去不回,连她这个宝贝女儿都不要了?如今妈妈也要去开山岛了,她怎么能不去呢?

这两天妈妈来来去去总是哼着歌,眉眼里盛着不尽的笑意。今天妈妈还把自己打扮得像是要去走亲戚一样。

妈妈越是这样,王苏越是想去开山岛。

可惜,妈妈的态度非常坚决,就是不带她去。

王苏绝不会想到,在未来的日子里,她的童年,她的整个青春期,甚至是她成家立业后的人生,都和这座岛紧紧联系在一起。

王仕花和王部长乘坐的是机帆船,这也是王部长特意安排的一条船。

这一天的天气很好,阳光灿烂,也没有大风,但是前赴后继的海浪还是把船颠得起起伏伏。王仕花一直站在船头,朝开山岛方向眺望,她原以为能很快看见开山岛,可是眼前始终是茫茫的波涛。

王仕花的兴奋渐渐退去,跟大海比起来,她,以及乘坐的船实在太渺小了。那么,开山岛呢?该是大海里的一片树叶吧,而王继才则孤独地守着这片树叶。

王仕花连忙摇摇头,把脑子里忽然生出的这个比喻赶走,她不喜欢这个比喻。

王部长自然不会忘记给王仕花介绍开山岛,这也是他给王仕花打的预防针,要不等会儿真见到开山岛了,心里肯定会有巨大的落差。

王部长说,开山岛位于我国黄海前哨,海拔约

36米，面积仅1.3万平方米，距离燕尾港12海里，岛上都是黑褐色的石头……

"跟开山岛有关的一首歌谣，你听过吗？"王部长问。

王仕花点了一下头，轻声说："听过。"

"虽说岛上的基础设施有了改善，但是自然条件还是一直比较恶劣的。说真的，王继才能坚持下来，我打心眼儿里佩服他，看来我是找对了人！"王部长略略笑了一下。

王仕花心里说：你找对了人，可害了我！

"王仕花，别看开山岛是一座孤岛，也别看开山岛这么不起眼，可它的战略地位很重要。当年，日本侵略者正是以开山岛为跳板，在燕尾港河口一带登陆上岸，然后大肆烧杀抢掠。如今是和平年代了，开山岛是不是就不重要了呢？肯定不能这样想，因为总有一些不法分子利用开山岛走私、偷渡……每一寸国土，都该有人守着呀！"

王部长讲这最后一句话时，格外地语重心长。

王仕花心里承认，"树叶"的比喻的确不适合开山岛。她希望早一点儿见到这座岛。

"王仕花,我发现你一点儿也不晕船,真不错!"王部长夸奖说。

王仕花马上想到一个问题:"我家王继才晕船吗?"

王部长顿了顿,说:"基本上不晕船。"

事实上,上一次他送王继才来的时候,他和王继才都晕船了。

在王仕花热切的目光里,在水天相接的地方,若隐若现地露出了一个灰色的点。这个点慢慢地变大,慢慢地呈现出馒头的形状……

开山岛快到了。

王仕花马上要见到日思夜想的王继才了,她神情故作严肃起来。这次来开山岛,除了她和母亲魏家芳给王继才带的各种生活用品,王仕花还准备了"批评"王继才的话,打算给自己出口气,谁让他这回不辞而别?

马上,她就看见了岛上的嶙峋怪石,还看见了岛上的一个人影——那个人不住地跳跃着,不住地挥舞着手,声音也从那边隐隐地传来:"仕花,仕花……"

那正是爱人王继才啊！王仕花的热泪汹涌而出。

她也挥舞着手喊道："继才，继才……"

王仕花脸上故意装出的严肃表情以及事先想好的批评的话，都在瞬间被抛到了九霄云外。

船刚在码头停下，王仕花就迫不及待地登上岸，朝王继才跑去。然而，眼看着就要到王继才跟前了，她却猛地站住了。

这个人真的是王继才吗？脸黑了，人瘦了，头发都长得能扎辫子了，胡须浓密得差不多占去了脸的三分之一。他身上的衣服脏兮兮的，散发着阵阵难闻的气味。

要知道，王继才以前无论在家还是在外，总把自己收拾得干干净净，用他自己的话说："人民教师的丈夫可不能邋里邋遢的。"

就在王仕花愣怔的当儿，眼前的人一把抱住她，像个孩子一样傻傻地笑起来，笑着笑着，他又像孩子一样无比委屈地大哭起来。

这可不就是王继才吗？难道除了他，岛上还有第二个人吗?

王仕花也伸出手,抱住王继才,流着泪喃喃地说:"继才,继才,别哭呀……"

王仕花说不出地心疼。才四十八天,王继才就变成了这样,要是再过一个四十八天,真不知道他还能成什么样。

这哪是王部长所说的"生活得很好"?这哪是父亲说的"上面条件还不错"?

王继才的日子肯定是不好过的。

"继才,你怎么成了这样?是不是在这里过得不好?上次台风,你有没有受伤?……"王仕花有太多的问题想了解。

然而王继才只是一味地笑,一味地说:"我很好的,很好的……"

对于王继才来说,四十八天的经历其实是坚守与退却的考验,是勇敢与懦弱的考验,也是生与死的考验,但他只在电话里跟王部长轻描淡写地说了一些。

在王仕花面前,他更不能透露半个字。

等王继才和王仕花两个人平静下来,王部长才上岛。

实话说，王继才的模样还是让王部长感到了惊讶，也让他心里忽然没了底。两天前，王部长就通过电话告诉王继才，王仕花要来看他。按说，王继才最起码也该利用这两天的时间把自己收拾干净的，结果竟是一副野人的样子。一个民兵把自己搞得像野人，是不是从侧面说明，他就没有想过要在开山岛上做一个合格的兵？

接下来所见，让王部长心里越发没底。

床铺乱糟糟的，脏衣服随处扔着，厨房里的锅碗筷都没有洗……

孤独一人在海岛上的生活无疑是很不容易的，但是再不容易，也不能把日子过成这副模样呀，王部长在心里叹息着。

王仕花真是一个贤惠能干的女人，她很快就忙开了。她当起了理发师，给王继才剪了头发和胡须；烧水给王继才洗澡，把他浑身上下的衣服都换了、洗了。

王部长上下打量着焕然一新的王继才，满意地点着头，说："啊，这一下看上去，继才精神多了，

34　中华先锋人物故事汇　王继才　王仕花

终于像个兵了!"

这是他给王继才的含蓄的批评。

王继才听懂了,他的脸红了。

接下来,王仕花又忙着替王继才整理床铺,打扫厨房卫生,洗刷锅碗瓢盆,然后做饭……

王仕花边忙边批评王继才,王继才只是带着歉意幸福地笑着,一句话也不说。他明白王仕花越是批评他,越是表明她在意他。

王继才由衷地觉得没有王仕花,他过的日子就不像日子。

想到王仕花今天还要回去,王继才忍不住说:"仕花,过一段时间,你再来呀!"

"你还指望我再来?"王仕花直截了当地对他说,"你今天跟王部长说,等会儿跟我回家,你守岛已经守了四十八天了,算是完成任务了!实在不行的话,再守几天也可以。"

王继才愣了半天,闷闷地说:"我不能走,我答应了王部长,不能当逃兵!"

"你……真不想走?"王仕花吃惊地瞪大了眼睛。

王继才坚定地点着头，说："我不能走，我是在为祖国守岛！"

最终，王仕花流着眼泪和王部长离开了开山岛。

王继才强忍着没有让眼泪落下来，他可以在王仕花面前落泪，但是不能在王部长的面前。

王继才一直站在码头边，微笑着挥着手，直到机帆船远去，变成了一个点，他的眼泪才扑簌簌地滚落下来。然后，他一屁股坐到石头上，孩子似的呜呜咽咽地哭起来。

他是多么想跟王仕花一块儿回家呀，穿王仕花洗的衣服，吃王仕花做的饭，睡家里舒适的床铺，带着王苏玩耍，在地里侍弄庄稼，一家人团团圆圆在一起，过一个普通人该过的日子。

可是，他不能跟王仕花回家，因为他是一个兵，接受了王部长交给他的任务，就不能言而无信，不能半途而废。

回到家，面对母亲魏家芳热切的追问，王仕花淡淡地说："他还行吧！"

她能告诉母亲,开山岛除了石头就是石头,连一棵树都看不见吗?她能告诉母亲,王继才活得像一个野人吗?说多了,只会给老人带来不安。

开山岛不是人待的地方,但是王继才已经守了四十八天了,而且他还将继续守下去。

没看见开山岛时,想着见开山岛;见了开山岛,开山岛就像一枚钉子钉在王仕花的心里。

这枚钉子常常把她从睡梦里刺醒,常常让她在做家务、备课、批改学生作业时心不在焉。这枚钉子还夺走了她的快乐——一个教师的快乐、一个母亲的快乐、一个妻子的快乐,并让她整天处在一种精神恍惚的状态里。

但王仕花没有办法跟别人讲她的感受。她常常在夜深人静时,对自己说:"这种日子我过不下去,王继才也过不下去!"

必须做出改变!

一定要做出改变!

红色基因

其实有两个人第一时间就知道王继才接受了守岛任务，他们是王继才的父亲王金华以及二舅魏家明。

这两位亲人有一个共同特点，他们都经历过战火的洗礼。

王金华一九四八年入党，是鲁河乡最早的党员之一。连云港地区解放后，他带领"小推车"队伍，积极参加淮海战役的支前保障。新中国成立后，他长期担任公社副书记。到了晚年，他也总是用党员的标准严格要求自己。

对几个孩子，王金华同样严格要求，他经常对他们说："爸爸是党员，你们无论做什么事情，都别给爸爸丢脸！"

二舅魏家明参加革命工作的时间也很早，十六岁就成为打鬼子的八路军战士，到解放战争时已经是一名骁勇善战的主力部队连长，多次立功受奖。直到今天，他的身上依然留着血与火年代的伤疤。

父亲与二舅一直是王继才崇敬的人。正是因为他们，王继才从童年起就崇拜英雄，并且一心想着长大后做一名光荣的解放军战士，血战沙场，报效祖国。

但王继才最终没能加入中国人民解放军，这是他心中最大的遗憾。即使做了鲁河乡的民兵，担任了民兵营长，他仍然觉得自己无法与父亲和二舅相比。

开山岛曾经被侵略者作为入侵我国内陆的跳板，毫无疑问，去那里做一名守岛的"兵"（尽管是民兵），意义重大，责任也重大。

王继才曾上过开山岛参加演习，他了解守岛意味着什么。正因为了解，做出决定才更艰难：上岛了，就意味着从此夫妻两地分居，意味着他无法照料年纪越来越大的父母，意味着王苏的成长中将缺失父爱……

无论哪一样，都不是一般的困难呀。

跟父亲和二舅说这件事，就是希望他们帮他拿拿主意。

他也希望从父亲和二舅身上获得一种力量，一种精神的支持。

父亲对王继才说："再小的岛，哪怕是一寸土地，只要是我们中国的，就必须有人守着。"

他还说："那么多的民兵，王部长为什么要把这个任务交给你？这是对你的信任，这是一个光荣的任务，爸爸也感到长脸！

"你不用考虑家里的事情，只管放心去。你妈跟仕花那边，我会跟她们说，苏苏我们会帮你照顾好！

"你始终要记住，民兵也是兵！开山岛条件再艰苦，也不能当逃兵！"

……

作为一个父亲，这是王金华对儿子王继才话说得最多的一次，而且都是掏心掏肺的话，道出了一个共产党员的心声。

二舅得知王继才接受了守岛的任务，兴奋地搓着手，对他说："好呀，好呀！继才，这一次你是真正做了士兵，守开山岛的士兵！"

二舅继而语重心长地说："在战争年代，我和你爸都没有做过逃兵，你也不能当逃兵！当年开山岛要是有士兵守着，日本鬼子还能顺顺当当把它当跳板，找到登陆上岸的机会，然后烧杀抢掠吗？继才，二舅可是看着你长大的，你一定不会让我和你爸失望的，对不对？你一定是一个好的士兵，对不对？为国守土，不要怕吃苦，不要怕流血牺牲……"

王继才深切地感受到父亲和二舅不约而同地把一样宝贵的东西交到他的手上，沉甸甸的。他必须把这样东西珍藏在心里，并且带到开山岛上。

守岛这件事王继才没有跟王仕花讲，倒不是怕王仕花阻止他，而是因为他还没有想清楚：他不在家的日子，王仕花怎么办？

这是最令他纠结的问题。王仕花是小学老师，工作本来就很繁忙，平日还要做各种家务，照料王苏。他这么一走，所有事情就都落到王仕花一个人的身上了，她能吃得消吗？会影响她教书育人的工作吗？

尽管王部长没有明确地说守岛要守多久，但绝不会是两三天的事，也不会是两三个月的事。如果王仕花接受不了，如果王仕花在他面前流眼泪，他该怎么办？

他肯定不能因为王仕花的眼泪而放弃守岛任务，但他也不能无视妻子的辛苦。他深爱着王仕花，当初王仕花不嫌弃他家人口多，不嫌弃他家贫穷，在众多追求者中独独选择了他，他曾在心里发誓：这一辈子一定要给王仕花带来幸福。

可谁能想到，他要去守岛呢？

假如时间充裕的话，他也许能慢慢地跟王仕花讲清楚守岛这件事，获得她的理解和支持，也许还能想出两全其美的办法来。可是，王部长那边给他的时间不过三五天，他最终只能采取不辞而别的方式，将难题交给父亲。

离开家的那天早晨，二十六岁的王继才深情地望着晨光中的家，在心里对王仕花说：

仕花，我去守岛了，以后这个家就交给你了，你要辛苦了！

仕花，我是民兵呀，民兵也是兵，希望你支持我！

仕花，我爸是老党员，我二舅是老战士，我也不能做孬种呀！

……

王继才深深地吸了一口气，那是阳光的味道，是泥土的味道，是七月花草的味道，也是家的味道。泪水悄然从王继才的眼眶里流出来，他伸手抹了一把脸，决然地扭过头，决然地迈开大步，那有力的脚步声仿佛是大地的心跳。

如约来到燕尾港时，王继才看见王部长已经到了，同时还看见人民武装部的军事科长。

燕尾港是国家一级渔港，是距开山岛最近的一个港口。此刻的码头是一天里最繁忙的，一艘艘渔船刚刚捕鱼归来，要把海产品及时抬下船，要把它们及时运往全国各地，所以港口上车来车往，人声鼎沸。

没有人在意这三个人，只有大海浓烈的咸腥

味把他们包裹在其中,似乎要把他们与大海融为一体。

王继才不怎么喜欢大海的味道,他想说说他的感受,却发觉王部长探究的目光在他的脸上停留了片刻。

他是想看出点什么吗?

王继才把想说的话咽了回去,冲王部长笑了笑,下意识地伸出手准备在脸上抹一把,但他及时地意识到这个动作似乎有掩饰的嫌疑,就马上又把手放下了。

王部长也冲王继才笑了笑,他接过王继才手上的包。包比较轻,无疑是没怎么装东西,就像临时出差似的。这个包能说明一些问题呀,王继才是没做长期的打算吗?他没有跟妻子讲吗?要是王仕花来准备上岛的东西,包里肯定不止装这么点。

好在王部长准备了充足的物资。

两人上了渔船,军事科长帮他们把装着物资的鼓鼓囊囊的蛇皮袋搬上来,随后向两人告别。

渔船离开了码头,穿过绵延不绝的海浪,向开山岛方向驶去。

铭记一生的时刻

在渔船发动机的轰鸣声中,王继才立在船尾,眺望着燕尾港的码头:王苏起床了吧?会不会要找我玩?王仕花这时在干什么呢?她要是知道我成了开山岛的哨兵,是高兴呢,还是生气呀?……

码头渐渐模糊在海面蒸腾起的薄雾中,王继才的脑子里忽然冒出这样一个念头:下一次回到燕尾港会是什么时候呢?

他轻轻摇了摇头:人还没有到岛上,怎么就惦记着要回来了?

当燕尾港的码头消失在海平面时,王继才才将远眺的目光收了回来。他看着被螺旋桨搅出的急速翻滚的水浪,它们似乎就像他这会儿的心情,既激动,又有那么点惆怅,还有无尽的牵挂。

王继才不再继续站着。

他和王部长都开始有些晕船。他们看什么,什么就是颠簸晃动的,包括天,包括大海,包括对方。他们两人只好都把眼睛闭上。

明明以前都上过岛,可他们还是晕船了。

大海就是这样,即使没有风,海面也会有波浪,而在海上行驶的船越小,就颠簸得越厉害,何况这时风也变大了一些。

船老大轻松自如,他有些骄傲地对两个人大声说:"要想不晕船,那就来来回回在海上跑!"

两个人都没有回应船老大的话。

顾不上管王部长是什么情况,王继才只感到头晕得厉害,他缩在船的一角,闭着眼睛,手紧紧抓住船舷,似乎不这样做,他就可能被甩到船外。

王继才的胃也不舒服起来,里面翻腾着,让他不住地想要把早餐吐出来。他拼命地忍着,既怕把船弄脏了,也怕别人笑话他。

王继才心里对自己生出了一丝不满:你又不是没有来过开山岛,怎么能这样狼狈呢?你可是一个兵呀!

这时只听见王部长说:"继才,做做深呼吸,那样会好一些……"

于是,他开始一遍一遍做深呼吸。慢慢地,晕船的感觉变轻了。不过,他还是闭着眼睛,怕一睁开就又会头晕不止。

一个多小时后,渔船到了开山岛。

王继才头重脚轻,一步一步像踩在棉花上。

在走上岸时,他看了一下手腕上的老式机械手表,这是上岛前父亲送给他的。

这一刻是一九八六年七月十四日早上八时四十分。

这将成为王继才铭记一生的时刻。

从这一刻起,王继才正式成为开山岛民兵哨所的守岛哨兵。

王继才包里装的东西很简单,两套换洗的贴身衣服,一张和王仕花、王苏的合影照片,另外还有一柄木质弹弓和一把小铁榔头。

为什么要带弹弓和铁榔头?王继才觉得可以防

身用，而且铁榔头还可以敲敲打打什么的。

从渔船上卸下的货物却超出了王继才的想象，有大米、面粉、食用油、食盐，以及便于存放的土豆、洋葱等，都是生活必需品。

王部长说："这些生活用品应该够你用一个月了。"

"我是不是在岛上得守一个月？"还不等王继才把这个问题问出来，王部长就又说："下个月我会派人把东西捎来。"

也就是说，王继才目前所知道的守岛时间至少有两个月，六十天。

六十天很快就会过去的！王继才在心里说。

他一向觉得时间过得很快，就像他每天早晨起床后就开始忙碌，一直忙到夜幕降临，一天就过去了。

摆放好了带来的生活用品，王部长带着王继才看岛，一边看一边向他介绍。

"开山岛位于我国黄海前哨，灌河口外9.5千米处，距离燕尾港12海里。你也看见了，开山岛面积不大，仅1.3万平方米，相当于两个足球场大小。别看它小，它的战略地位十分重要……"

尽管上岛参加过演习，但是这次王继才成了守岛的哨兵，是岛的主人，性质不一样。他必须全面了解开山岛，了解开山岛的过去、现在，了解开山岛上的各种设施。

由码头到岛上，是一级一级的石阶，一共208级。当初驻岛解放军留下的营房都是依山而建的石头平房，坐北朝南，有五十多间，其中一间是食堂，一间是活动室，山顶上还有一个已发不出电的小型发电站。

发不出电，王继才就只能用煤油灯。

岛上没有淡水，驻岛解放军在建房时就考虑到了这个问题，他们首先通过屋顶积蓄雨水，然后再通过屋檐下的管道，将雨水引入地下蓄水池。

岛的最南侧是一个山洞，有扇厚厚的铁门关着，里面是岛上的坑道，分别通向小岛的四个出口，它既是存储战略物资的，也是战时的紧急通道。

坑道里面很凉，大概是想到王继才可能会在里面避暑，王部长强调说，即使天气再炎热，也不适合待在坑道里面，因为那样会患风湿病的。

王继才在岛上需要做的事情有：每天写海防日记，查看各项气象数据，使用高倍望远镜查看海情，有情况的话用手摇式电话机跟外界联系……

这些事情太简单了！王继才想，他更希望抓特务啦，抓偷渡走私啦，做一些轰轰烈烈的大事，只有这样，才配得上"开山岛哨兵"的称号。

王部长仿佛看透了王继才的心思，他严肃地说："继才，保家卫国没有小事，要保证人与岛每天平平安安可不容易！"

"每天平平安安"是王部长对王继才最大的要求和希望。

至于开山岛的"脾气"，就更需要了解了，但这只能靠王继才自己，别人无法替代他。

该看的看了，该说的说了，王部长要走了，船老大也催着返航。

王部长紧紧握住王继才的手，郑重地说："继才，开山岛就交给你了，我相信我的眼光，你一定能出色地完成守岛任务！还有，一个人在岛上要好好照顾自己，吃好，喝好，保证身体健康……"

王继才使劲点着头，然后迅速立正，向王部长敬了一个军礼，大声说："保证完成任务！"

这是王继才对王部长的承诺，也是对自己的承诺。

一个人的小岛

载着王部长的渔船慢慢地远去了,然后又慢慢地变成了一个小黑点,最后消失在大海的波涛里。

在渔船消失的那一刻,王继才的心里忽地生起一丝失落:小岛很小,但是只有一个人的小岛又很大。

王继才一点儿也不喜欢这种感觉。于是,他大声对自己说:"一个人怎么啦?我是开山岛的哨兵呀!"

来岛之前,王继才就有这种心理准备,要不他为什么把自己和王仕花、王苏的合影带在身上?有了这张合影,就相当于岛上有了三个人。

王继才返身回到营房,把王部长带来的东西重新整理了一下，然后把食堂、睡觉的营房仔细打扫了一遍，后来其他空着的营房也被他打扫了一遍，该晒的也拿出来晒了晒。

忙碌惯了的人是闲不住的。

时间到了十二点多钟，王继才开始生火做饭，烧的是煤球。

到地下蓄水池打水时，他发现水是浑浊的，而且里面浮动着类似蚊子幼虫的东西，看了令人感到恶心。将水倒了，再打，还是这样，王继才含糊地嘀咕了一句，只得作罢。

吃饭时，王继才听到了一阵异样的声音："嗡嗡嗡……嗡嗡嗡……"

是不速之客——苍蝇。

如果苍蝇不咬人，如果苍蝇不落在饭菜上，王继才还是不介意的，因为苍蝇可以给他带来声音呀。一个人的小岛，王继才需要来自他之外的声音。

可是这些苍蝇与王继才平常见到的苍蝇不一样，它们个头儿很大，全是灰褐色的，飞的速度很快，下嘴猛，一来就直接落到了饭菜上，甚至落到王继才裸露的皮肤上……

王继才失声叫起来："咋回事？你们咋回事？"

他第一次发现苍蝇居然明目张胆地咬人。

没有哪一只苍蝇搭理王继才，它们似乎在向王继才表明，它们已经很久没有吃到过人的饭菜了，也很久没有喝到过人的鲜血了。

王继才站起来，挥舞着手臂，驱赶着苍蝇，拍打着苍蝇。他身上被苍蝇咬过的地方开始痛起来，痒起来。

也是怪了，越是挠，被苍蝇咬过的地方就越疼，也越痒。

苍蝇根本赶不尽，也打不尽，王继才只好狼吞虎咽地赶紧吃掉饭菜。

不小心散落在地上的米饭粒，眨眼工夫就被围上密密麻麻的苍蝇，片刻之后，饭粒已无影无踪。

王继才后来才知道，除了冬天，开山岛什么时候都有苍蝇，只是数量上有所区别，最多最猖狂的时候自然是夏天。被苍蝇咬过的地方，只有抓破了，结了痂，才算完。

吃完在开山岛的第一顿饭，王继才关上门窗，开始拍打苍蝇，直打得汗流浃背，气喘吁吁。地上现在到处都是苍蝇的尸体。

苍蝇的出现，让王继才有了点事情做。

打完了一屋的苍蝇，王继才洗干净了锅碗筷，带上那把小铁榔头，打算绕着开山岛走一圈。他边走边看，查找哪些地方的门窗是需要敲敲打打的。

半小时都没有用完，王继才就把整个岛走了一遍。

还能做什么呢？

于是王继才用高倍望远镜看海，看来往的船只，看飞翔的海鸥，看起起伏伏的波涛。

还能做什么呢？

王继才接着又去写这一天的海防日记，顺便查看了各种气象数据。

还能做什么呢？

王继才拿出带来的弹弓，从地上找了一把石子，用石子去打石头，去打苍蝇（当然不可能打着苍蝇），又把石子射向大海。石子射向大海总是无声无息地，看不见它们落到了什么地方。

还能做什么呢？

听大海一成不变的涛声吗?

没有了,王继才找不到事情做了。

在鲁河村,最能消耗时间的是庄稼地。可是,岛上没有庄稼地,连一棵树都没有。一个人待着,还能有什么事情干呢?王继才用手使劲在头发里挠着,似乎这样就能想出还能干什么。

王继才无声地叹了口气。他感到不习惯,不习惯无所事事,不习惯看不见一个人影,不习惯没有人声。

他突然有了一种感觉:开山岛上的时间,太多了。

时间太多,一种东西就会乘虚而入,那就是思念,对家乡的思念,对父母的思念,对王仕花的思念,对女儿的思念,对上岛之前的日子的思念。

王继才把那张照片拿出来看,直看得眼睛湿润。

这才是上岛的第一天哪,接下来的日子怎么过呀?那可是一个月、两个月,甚至三五个月啊……

王继才忽然对自己失去了信心。

太阳落进了大海里,又来了一批不速之客——

蚊子。

这些蚊子也不是平常的蚊子，它们成群结队，声势浩大地飞来，一个个嗜血如命，直接朝王继才扑过来，他一张开嘴巴就能吸进几只。

真不知道这些蚊子白天是躲在哪儿的。

它们好像一个个拿着针，隔着衣服都能扎到皮肤上。不一会儿，王继才就浑身痒起来，抓出一个个包来，皮都抓破了，还是痒。

后来，王继才也花了很多时间，想过很多办法对付苍蝇蚊子，但都没有成功。开山岛上的苍蝇蚊子似乎根本除不尽，似乎天生就有一种抗毒杀、抗烟熏的本领。

王继才皮肤上那些被蚊蝇叮咬的包被抓破后，结了痂，然后再抓，破了以后再结痂，如此反复后竟让他的皮肤变得粗糙、厚实了，这样蚊子苍蝇也拿他没有办法了。

开山岛的第一夜，在苍蝇蚊子的侵扰中，王继才根本就没有睡意，满脑子想的都是鲁河村，都是他的亲人。

在鲁河村的日子，那真是天堂般的日子呀。就像这会儿，一家人应该在电灯下，吹着电风扇，吃着晚饭，聊着天……吃过晚饭，他要么带王苏去村里走走，要么跟几个小年轻漫无边际地闲聊，要么去有黑白电视的人家看电视……

这一夜，王继才失眠了，无孔不入的苍蝇蚊子、海浪拍打岸边的声音、大海的咸腥味……都成了王继才失眠的原因。

越是睡不着，王继才越想着天快点亮；越想着天快点亮，天越是在他的眼前一直黑乎乎的。

王继才对开山岛又有了新的认识：开山岛的时间，过得太慢了。

天终于亮了，王继才头重脚轻地起了身。

当真起床了，王继才才意识到，他起这么早，完全没有必要，因为这是在开山岛上，没有太多事情等着他去做。

对王继才的考验才刚刚开始。

强台风来袭

强台风来了。

这是王继才上岛的第三天。

作为生活在海边的人,经历台风属于家常便饭。王继才也清楚,开山岛作为大海中的小岛,自然会一次次遭遇台风。只是他怎么也想不到,开山岛的台风会以那样的面目出现在他的面前。

强台风来临之前没有任何预兆,太阳明晃晃地悬挂在天上,片片灰白的云朵悠然飞过,它们每每把太阳遮住时,大海或者小岛上就会留下一块大大的会移动的阴影。

天突然就暗了下来,灰白的云变成了灰黑的云,它们从水天相接的地方仓皇地涌出来,翻滚着，奔腾着，像被一根无形的鞭子赶着。

那根无形的鞭子是风——咆哮的狂风，它们把海浪轻松地抓起来，又从半空中狠命摔下来，然后海面上、开山岛上都是持续的震耳欲聋的啪啪声。

正在岛上巡视的王继才见此情景，感到头皮发麻，他傻愣了片刻，撒腿就往营房跑去。

风比王继才更快，风也比王继才更有力量。

王继才感到风要把他卷起来，要把他卷到半空中，然后像摔海浪那样把他也摔在岩石上，摔得稀巴烂。

风仿佛知道王继才是怎么想的，它轻轻一推，王继才就被推趴下了。他的嘴唇磕到了石头上，嘴里立刻涌上一股血腥味。

王继才顾不了这些，他必须尽快回到营房，就是爬也要爬回去，只有那里才是最安全的。如果死在风的魔爪下，那真是太不值了。

王继才小心地爬起来，猫着腰，急速地朝营房跑去。

进了营房，他急忙拴上门，惊魂未定地喘着粗气。太可怕了，跟海上的台风比起来，王继才过去经历的陆地上的台风真是小儿科。

外面黑漆漆的。

下雨了,哗哗的雨声就像老天爷把天河的水往下倒。

王继才看看手表,才下午四点多钟。

真的是四点多钟吗?手表会不会在自己倒在地上的那一刻摔坏了?可是,分针、秒针分明在走动着呀。王继才哆嗦着点上煤油灯。

煤油灯的光亮以及营房并没有给王继才带来安全感。营房是坚固的石头建造的,可是听着门和窗子吱吱嘎嘎作响,王继才毫不怀疑风有能力把门吹开,把窗子吹开,把整个房子卷到空中,然后再摔下来……

王继才想找一样东西把门顶住,可是没有合适的物件,他不得不把身体抵在门上。

巨大的风声、巨大的雨声、巨大的海浪撞击声以及营房门窗发出的嘎嘎作响声,交织在一起,渲染出一种前所未有的恐怖,俨然世界末日来临。

二十六岁的小伙子,本是天不怕地不怕的,可是此刻,王继才牙齿咯咯打战,身体瑟瑟发抖。

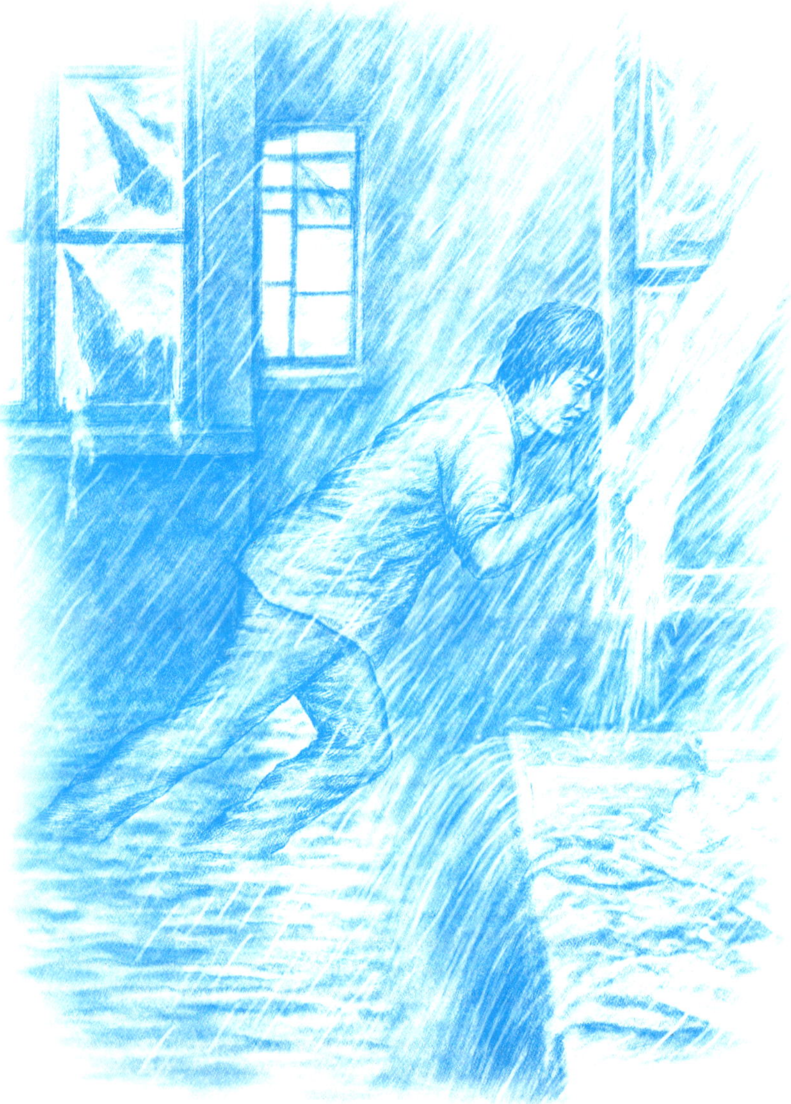

"妈妈呀……"

"仕花呀……"

王继才吃惊地听见了自己呻吟的声音。他伸手在脸上抹了一把，湿湿的，是泪水。

原来自己是这样胆小！王继才沮丧地想。

反正没有人看见！他又安慰自己。

他盼望着风能停下来，只要风停下来，这恐怖的一切就宣告结束了。

然而风丝毫没有停息的意思。

肚子饿了，王继才不敢开门去做饭，从宿舍到食堂，虽说只有几步路远，但是能不能平安地走到那里，他一点儿把握也没有。

王继才试着把身体从门上移开，两只眼睛惊恐地盯着门，只要它一有被大风吹开的可能，他就会迅速再次把身体抵上去。

幸好，担心的事情没有发生。

王继才像困兽一般在室内走动着。

这是他二十六年人生里经历过的最漫长的一夜，也是最恐怖的一夜，他几乎一宿没睡，也根本无法入睡。他在苦苦地等一个结果，要么风停雨住了，要么风把开山岛连同他居住的营房一起卷走，扔进茫茫大海里。

等呀，等呀，王继才脑袋昏昏沉沉地迎来了新的一天。两种可能的结果都没有出现。狂风继续刮着，大雨继续下着，好像要一直到地老天荒。

王继才不知道自己应该是高兴，还是悲伤。

后来，他的目光落在了那部绿色军用电话机上面，仿佛第一次看见它似的。

他看看手表，时间刚过清晨五点，王部长这时候应该还没有起床吧。于是王继才一边盯着电话，一边等，一直等到七点半，才迫不及待地抓起了话筒。

王部长第一时间就接了王继才的电话。

王继才像听见亲人的声音一样，说："王部长呀，岛上刮台风了，太可怕了……"

"我知道岛上刮强台风了，你一定吓坏了吧？没关系的，多经历几次就不害怕了。"王部长关切地说。

"昨夜我一宿没睡……"

"是呀，那么恐怖的夜晚，换任何人都是没法睡着的……不过,等你以后能在台风中呼呼大睡了,你就是一个真正的守岛哨兵了!"

听了这句话,王继才不由得挺直了腰杆。

"世界上没有人生来就是一个好的士兵,也没有一个人生来就是英雄……"

打了这一通电话,王继才那颗焦躁不安的心渐渐平静了下来。他想起了父亲,想起了二舅,想起他们都是从枪林弹雨中走过来的人,而如今,台风暴雨就是他的"枪林弹雨"。

王继才告诫自己,在"枪林弹雨"中,他不能做孬包。

孤独是一把钝刀子

第三天,强台风停了。

走出营房的那一刻,看见蓝天、太阳、白云,王继才感动得热泪盈眶,他觉得自己重新活了过来。

大海和小岛都恢复了台风过境前的安宁,就像什么也没有发生过一样,空气里甚至多了几分清新。

这时,王继才冷不丁发现一双小豆子似的眼睛在盯着他,同时下面那张小嘴巴上的胡子一翘一翘的。

是一只老鼠。

王继才也好,小老鼠也好,眼神里都流露出一种说不出的惊异，好像这里不应该有对方的存在。

王继才发问了："你怎么在岛上？打哪儿来？"

老鼠当然不会反问说"你怎么也在岛上，你又打哪儿来"。

王继才一向不喜欢老鼠，他准备回营房拿弹弓。谁知，他刚迈动脚步，小老鼠就一耸身，嗖地蹿了出去，眨眼工夫就不见了。

"岛上居然有老鼠！"王继才感到不可思议。

然而，岛上不止有老鼠，他很快还发现了蛇、青蛙以及癞蛤蟆。

它们有的死了，有的还活着。

这些小动物出现在岛上，跟这次强台风有关。强台风导致江淮流域洪水肆虐，蛇、鼠、青蛙、癞蛤蟆等小动物被冲入大海，海面的一些漂浮物成了它们的救命稻草。它们被海浪卷到开山岛，有的成了幸运儿活了下来，有的还是难逃厄运。

王继才用了两天时间清理了岛上由台风带来的各种杂物和动物尸体。

这是非常充实的两天。这两天里，王继才夜里睡得很踏实。

王继才本来想把那些活着的蛇、老鼠、癞蛤蟆给赶走，可是能把它们赶到哪里去呢？他不容易，它们同样不容易。王继才最后决定，只要它们不去他待的营房，不影响他的生活，就由着它们在岛上自生自灭。

有时，王继才能听见青蛙咕呱咕呱的叫声，这些叫声总让他想起鲁河村水稻田里的青蛙，想起播种与收获的日子。但听久了，这些声音又变成了伤感，变成了相思，让人心里难受。

不知怎么回事，有一条花斑蛇跑到他的屋里，盘在床腿上，一看见他就朝他吐着猩红的舌头，似乎是在警告他，这里是它的地盘。

王继才原准备把蛇赶出屋，可是无奈对方怎么也不肯配合，他最后不得不把蛇打死。以后，只要进屋，王继才都会把角角落落查看一遍，包括床铺。

老鼠到哪儿都改变不了习性，土豆被它们啃了，大米被它们偷吃了，厨房的灶台上总能见到它们的小脚印。

王继才不再客气了，他把弹弓拿在手上，看见老鼠就追着打。

但老鼠太狡猾了，王继才从来没有打着过它们。

有时候，一两只长途跋涉的鸟儿会飞到岛上休息，这时王继才绝不会打扰它们。他一般会躲在一边痴痴地看着，心怀一种感恩：鸟儿到岛上来，是给他带来生机的。

接下来该怎么办？

王继才不知道怎么办。

他是儿子，是丈夫，是父亲；他是生产队队长，又是民兵营长。一个精力旺盛的二十六岁小伙子，原本每天要说很多很多的话，可现在从早到晚他一句话也说不了。

在开山岛上，他能跟谁说话呢？

一个手脚从来闲不住的人，一个整日忙忙碌碌的人，现在做完需要做的工作后，就只剩下吃饭，睡觉，拍打苍蝇蚊子，用弹弓打老鼠。

不是他不想做事，而是开山岛上没有那么多的事情让他做。

有时候王继才想，幸亏岛上有苍蝇蚊子，要不他能做的事情更少。

苍蝇蚊子虽然打不尽，但是王继才依然要打，不打苍蝇他就无法吃饭，不打蚊子他就无法入睡。这是作为一个哨兵意外多出来的"任务"。每次拍打苍蝇蚊子，王继才总是激情高涨，更重要的是，他还能借机说上几句："你们也太无法无天了，我从来没有见过有苍蝇蚊子像你们这样下嘴这么狠的，我不打你们还打谁去？你们也是，我没有来岛上前，你们是怎么过来的？你们存心欺负我是不是……"

王继才甚至觉得，要不是有这些苍蝇蚊子，过一段时间，他恐怕连话都不会说了。

王继才曾经想过这样一个问题：在开山岛上，我怎么就那么想做事情呢？想得我心里从早到晚空落落的，直发慌。

王继才已经增加了巡岛的次数，也增加了用高倍望远镜查看海情的次数，但他每天依然有大把大把的空余时间没地方用。

那空落落、直发慌的感觉真是难受呀，这时，他的心里总有两个小人儿在"打架"，特别是在深夜的时候：

"王继才，你还是回家吧，开山岛真不是人待的地方！"

"你怎么能这样说话？民兵也是兵，是兵就得保家卫国！开山岛是国土，是海防前哨，你不守，我不守，谁来守？"

"可是，这种日子哪一天才是头呀？"

"想想你的父亲，想想你的二舅，想想我们的解放军，想想我们无数的革命先烈……"

"王仕花在干什么呢？王苏还好吗？……"

"王继才，你千万不能想她们，越想会越难受！"

"王仕花来了，差一点儿我就跟她回去了，跟她在一起的日子，真是幸福啊！"

"好在你坚持了下来，你是好样的，没有辜负父亲、二舅、王部长对你的期望！你是舍小家为大家！"

"我已经坚持了四十八天了，我要是真回去了，他们也不会批评我吧？岛上真的太孤单了！"

……

王继才预感到，只要他一天在岛上，这种"打架"就将一天没完，而且"打"不出结果，让他总是痛不欲生。

王继才守岛已经两个多月了。这一天，一条渔船向开山岛驶来。它的出现将彻底结束王继才内心的挣扎，并给开山岛带来崭新的一页。

辞职上岛

王仕花终于做出了决定。

二十四岁的王仕花是绽放的美丽花朵。她爱孩子,她能歌善舞,她总是以满腔的热情投身到教书育人的工作中,她最大的梦想是成为一名正式老师,而不是代课老师。

王仕花已经当了四年的代课老师。

代课老师与正式老师的区别还是显而易见的,代课老师随时都有可能被学校辞退,代课老师做着与正式老师一样的工作,但收入却远远不如正式老师。好多时候,王仕花都不好意思告诉别人她是代课老师。

王仕花的梦想并不遥远,根据国家政策,就在今年的十月,她将很有可能转为鲁河乡小学的正式老师,这还是校长亲口告诉她的。

要是成了正式老师,王仕花就可以自己买心爱的时装了,就可以为女儿王苏买玩具了,就可以为王继才买新衣服了,当然,还可以改善一家人的生活,买电视啦,买洗衣机啦,再过几年建新房子啦。

总之,只要成了正式老师,等待王仕花的必然是一种全新的足以令人激动的幸福生活。她深信,以后别人看她的目光也会不一样。

然而眼下,王仕花却做出了一个惊人的决定——她要辞职上开山岛,守着王继才。

王继才那野人般的模样时常出现在她的梦里,萦绕在她的心头。她爱他,心疼他,他守岛是舍小家为大家。作为妻子,她必须去守着王继才。

做出这个决定后,王仕花忽然觉得轻松了,也踏实了,那天她一夜无梦,一直睡到自然醒。

接下来的事就是跟校长辞职,再把这件事跟家里的两位老人说一下,请他们照料王苏。

校长听了王仕花的话，简直不敢相信自己的耳朵。他非常吃惊地说："王老师，你……你说的是真的吗？你不是一直想成为正式老师吗？机会马上就到你面前啦，你真舍得放弃吗？王继才又不是三岁的孩子，你有必要天天守着他吗？请你再好好考虑考虑！"

王仕花轻轻地说："校长，我都想好了，不用再考虑了，谢谢您！"

"你还这么年轻，怎么能放着大好前程不要？要是王继才在孤岛上守一辈子，你是不是也要在岛上待一辈子？"

王仕花愣了一下，她还没有想过一辈子的事，但她仍然坚定地说："那我就在岛上待一辈子！"

"唉，真是太可惜了！王老师，我请你再好好想想！"

"王继才一个人在岛上过的不是人过的日子！"王仕花说。

校长没有去过开山岛，他无法理解王仕花这句话。

王仕花最后向校长提出了一个请求：离开学校

之前，她想给孩子们上最后一堂课，那将是她的告别——对孩子们的告别，对自己深爱着的教育事业的告别，以及对自己曾经的梦想的告别。

校长答应了，因为他知道，对学校，王仕花有着深深的不舍。

王仕花的最后一节课，讲的是《我爱北京天安门》这篇课文。

北京天安门，是中国人心目中神圣的地方，也是王仕花最向往的地方。这是王仕花第四次教这篇课文了，但这一次，她感触最深，并且心里荡漾着一股感动。走出课堂，王仕花在心里问了自己一个问题：你拿什么爱北京天安门？

答案是：王继才去守祖国的开山岛，她去守王继才，这就是她的爱。

完成了极具仪式感的告别，王仕花将迎接新的开始、新的挑战。

这天晚上，在吃饭前，王仕花平静地把辞职的事告诉了家里的两位老人。

魏家芳失声叫起来："你怎么能不当老师了

呀？你傻呀，那个破岛值得你们两个人去守吗？"

能说出"破岛"两个字，母亲是真急了。她知道王仕花不久是要当正式老师的，她也盼着王仕花能当上正式老师，捧上公家的饭碗，每天体体面面地上下班。魏家芳一直把王仕花视为这个家的骄傲，很难接受她"随便"辞职——如果是为了一份更好的工作也就罢了，但偏偏是去跟王继才守那个孤岛，真是不值呀！

父亲王金华不高兴了，他批评魏家芳说："你看看你说的话，啥叫'破岛'？真是没见识！再小的岛也是国土，是国土就得有人守着。我看仕花做得对！仕花去了，能跟继才做个伴儿，继才就能更安心守岛了，我们也放心！"

魏家芳看看王苏，苦着脸问王金华："那苏苏咋办？带上岛跟他们受罪吗？不带上岛，让她天天过没爸没妈的日子吗？"

"这还不简单？我们带呀！"王金华说。

王苏听出了大概，急急地说："妈妈，我要跟你去找爸爸！"

王苏越发觉得开山岛是一座好玩的岛，不然爸爸怎么会去了这么久还不回来？现在妈妈也非去不可，她绝不能错过这次机会。

离开家之前，王仕花跟王苏讲了许多道理，希望她在父母离开身边的日子里，能听爷爷奶奶的话，做个勇敢的孩子。

妈妈给王苏讲了一个又一个故事，给王苏唱了一首又一首歌，还给王苏跳了舞。这些都是王苏提出来的，做老师的妈妈不在家了，以后谁给她讲故事、唱歌、跳舞呢？

妈妈自然得满足王苏的要求。

最终，王苏答应了妈妈，她和爷爷奶奶在家，不去开山岛了，要去也等长大了再去。

然而，到了妈妈真离开家的那天，王苏变卦了，她哭得几乎背过气去。爸爸一去，就不再回来。妈妈这一去，是不是也不回来了？以后她是不是就成了没有爸爸妈妈的孩子了？

王苏原本指望爷爷奶奶能帮她留住妈妈，岂料他们都反过来劝她，说等她长大了再带她去，说岛上不但不好玩，而且风浪还大，还有苍蝇、蚊子、老鼠和蛇。

王苏怎么会相信呢?

在以后无数个日子里,王苏多么希望自己能长出一对鸟儿的翅膀,轻轻松松地飞到开山岛上。

但她无法长出翅膀,她只求自己快一点儿长大,这样她就能自己去开山岛了。

王苏的眼泪没能留住妈妈,王仕花坚定地去了开山岛。

背包带，系生死

王继才做梦也没有想到，妻子会辞去教师的工作来陪他守岛。

看到王仕花带来那么多生活用品，王继才急赤白脸地说："啊，你怎么能来守岛呀？这么大的事情你怎么不告诉我一声，怎么突然就来了？开山岛根本就不是你能待的地方！"

王仕花俏皮地笑着："你上开山岛跟我说了吗？不也是突然就走了？"

"我我我……我跟你不一样，我是民兵！你在岛上待两三天，就给我回去，好好做你的老师！"王继才的口吻大有要把王仕花赶回去的架势。

他是男人，他是民兵，他是老革命的后代。而王仕花呢？她是一个三岁孩子的母亲，是鲁河乡小学的代课老师，更重要的是，她不久后将成为一名正式老师，这是她这辈子最大的梦想，她怎么能来陪他守岛呢？

王继才把他七十多天的守岛经历全部告诉了王仕花，希望她知难而退。

没想到，王仕花听了，却泪水涟涟地说："我知道，我知道，我第一次来就知道你不容易……所以，我才要来陪你呀！"

"仕花呀，仕花呀……"王继才不知道说什么好了，语言在这时候是如此苍白无力，根本就表达不出他内心的情感。妻子竟做出这么大的牺牲，放着体体面面的工作不做，跑到孤岛上来陪他，他这是得了多大的福分哪。

从这一天起，王仕花成了开山岛的一枚太阳，既照亮了开山岛，又照亮了王继才的心房，他一下子觉得开山岛充满了生机，变得那么可爱。

王仕花的到来，如同把家带到了岛上，虽然这不是一个完整的家。

一连几天，王仕花做什么，王继才就跟着做什么；王仕花到哪儿，他就跟到哪儿。王继才的嘴巴一直不停地说着，说苍蝇蚊子，说台风暴雨，说老鼠蛤蟆，说他每天做的事情，包括他懒得收拾自己和深入肺腑的孤独……

其实，王继才也想不通为什么他越是一个人待着，越是不想做打扫卫生、洗衣做饭这些事。

但从王仕花上岛这天起，他迅速改变了自己，胡须及时剃，头发隔三岔五就洗一洗，身上的衣服始终保持着整洁，还乐此不疲地跟王仕花一块儿做家务……

总之，过去的那个王继才又回来了。

王继才不得不承认，他由衷地喜欢王仕花来陪他，若王仕花这时候离了岛，他一定会万分痛苦。可是，他又忍不住担心王仕花不能长久地待下去。

岛上的孤独刻骨铭心，痛彻肺腑，让人发疯。王继才甚至觉得，要不是王仕花来陪他，他可能坚持不到年底。

然而王仕花在岛上也必定要忍受难熬的日子。

王仕花是老师，她每天都把自己收拾得整洁

体面。平日，她喜欢花草树木，喜欢读书。她性格活泼开朗，爱笑，爱唱歌跳舞，爱跟孩子们待在一起。她说过："如果不做老师，那生活多没意思呀！"

开山岛无疑就是一个"没意思"的地方，它既不是家，也不是学校，几乎与世隔绝，除了石头还是石头，除了大海还是大海，她能受得了岛上生活的单调与寂寞吗？她能经得起各种不便带来的考验吗？

开山岛不会因为王仕花是年轻美丽的老师，就免去对她的考验。

王仕花最先经历的是生死考验。

海上孤岛的风，似乎特别地凌厉，人稍有不慎，就可能吃个大亏。

如果再加上下雨，那简直要人命。

有一次，王仕花和王继才在海岸边巡视，突然遇到大风。一个巨浪扑来，一下子就把王继才卷入了海里，然后又是一个巨浪扑来，王继才连人影都不见了。

这瞬间发生的事令王仕花目瞪口呆。

片刻,回过神来的王仕花脸色惨白,声嘶力竭地喊道:"继才,继才,快救我们家继才啊——"

她忘了岛上除了他们俩,没有别人。

当巨浪跌落下去的时候,王仕花看见了王继才湿漉漉的脑袋。

"继才,继才——"王仕花拼命地喊着,好像她的声音就是一根无形的绳索,能拉住王继才,把他拉上岸。

王继才听见了王仕花的声音,拼命往岸边游去。到了岸边,他用手紧紧抓住岩石,大口吐着海水。

王仕花忙奔过去,一只手伸向王继才,另一只手抓住岩石。

王继才抓着王仕花的手爬上了岸。

"继才呀继才,我今天要是不在岛上,你可怎么办呀?"王仕花万分后怕地说。

浑身湿淋淋的王继才居然笑了,说:"你看,一到关键时刻,你就出现在我的身边,说明我命大呀,我还怕什么?"

王仕花怎么也忘不了这件事，她庆幸自己来开山岛来对了。这件事还促使她想出了一个对策——她找了一根结实的背包带，以后只要刮风下雨，只要去巡视，那根背包带就会一端系在王继才的腰上，另一端系在她的腰上，把两人牢牢连在一起。

这样，王继才去哪儿，她就跟着去哪儿。

尽管他们还是摔过无数次的跟头，身上的皮外伤也数不清有过多少处了，但有了这根带子，王仕花的心里多了一份踏实，王继才的心里也多了一份甜蜜。

这是一根爱的带子，也是他们生命的带子。

海上五星红旗

王继才和王仕花没有想到的事情,有人想到了。

那是在一九八六年的国庆节前,在王金华托渔民捎来的东西里,有一面鲜艳的五星红旗。这位渔民还特意捎来了父亲的话:"开山岛是国土,是战略要地,必须有国旗飘扬。"

看见国旗,王继才和王仕花都激动不已,那感觉就像是见到了久违的亲人。

第一次升国旗的时间就定在十月一日国庆节这一天,这是神州大地到处都飘扬着五星红旗的日子!

升旗台选在开山岛的最高处,观察哨的哨楼顶上。以后，过往的船只，船上的每一双眼睛，总能在第一时间看到五星红旗。

旗杆是从营房里翻找出来的两根竹竿。

但问题是，竹竿能插在哪儿呢？岛上风大，哨楼顶上的风更大。王仕花根据学校里那座升旗台的特点，想出了一个办法：他们请渔民捎来水泥和沙子，把一截铁管用混凝土固定在哨楼的顶上，然后把旗杆插进铁管里。

国庆节这天的早晨，王继才和王仕花把自己收拾得干干净净。五点半，王继才扛着国旗走在前面，王仕花跟在后面，他们神情严肃，迈着坚定有力的步伐，沿着台阶一步一步走到哨楼顶上。

把竹竿插进铁管后，两人不约而同地面向国旗，举起右手。

那是他们以"兵"的身份对国旗的敬礼，也是他们对国家的郑重承诺。

蓝天、白云、明媚的阳光，在风中猎猎飘扬的五星红旗，还有五星红旗下的两个人，这是一幅多么美丽而和谐的画！

有了这幅画作为馈赠，王继才和王仕花不再感到孤独。

他们两人的眼睛湿润了。

从这一天起,开山岛就有了一抹红色,既照耀着开山岛,也照耀着茫茫大海,更照耀着王继才和王仕花平凡而艰辛的人生。也正因为这抹红色,他们的守岛生活有了全新的意义:他们真正肩负起"兵"的使命——开山岛就是他们的阵地,人在阵地在,人在国旗在。

他们能做到,也必须做到。

从这一天起,无论风霜雨雪,王继才和王仕花每天早晨做的第一件事就是升国旗。守岛三十二年,日复一日,年复一年,这件事从来没有间断过。

由于海风大,湿度大,盐分高,旗子很容易褪色破损。三十二年间,夫妻俩自费购买了二百多面五星红旗,保证每次升起的旗帜都是完好的、鲜艳的。

王继才在岛上曾摔断过两根肋骨,这次受伤就跟国旗有关。

那是一个台风来临前的下午。

尽管才五点多钟,外面已经黑乎乎的。风刮着门窗哐啷哐啷作响,哗哗的雨声大到盖过了室内人说话的声音。

王继才看看外面,大声对王仕花说:"仕花,今天风雨太大了,我得把国旗收回来,可不能让它被刮跑了。你就在屋里好好待着啊!"

王仕花也看看外面,这风雨大得像发了疯一样。

在王继才穿上雨衣的时候,王仕花也急忙拿出雨衣,说:"我们一块儿去!"

她实在不放心王继才一个人去。

本来王仕花还想带上那根背包带,可是打开门的一瞬间,狂风裹挟着大雨冲进来,差点把两人同时刮倒。这么一来,她便忘记了拿背包带。

两人根本没法像平常那样行走,他们顶着风,弓着腰,踩着湿滑的台阶,一步一挪地往哨楼的顶上走去。为了躲避猛烈的风,他们时不时还得匍匐在地。

雨水把脸击打得生疼,两人却无暇顾及,因为他们的注意力全集中在脚下。

平常去升旗、降旗，只需要走十来分钟就到哨楼顶上了，可是今天他们差不多走了一个小时还没有到。

越往上走，风越大。

两人终于到了哨楼顶。降下国旗后，王继才把它紧紧揣在怀里。就在他好不容易松了一口气，准备转身返回的时候，无情的风趁势猛推了他一下。只见他身体一晃，从三十多级的台阶上摔了下去。

王继才感到胸部一阵钻心的疼痛，不由得叫了一声。

王仕花来到台阶下，惊恐地问："继才，摔着了吗？"

王继才咬着牙关，用胳膊撑着岩石，试图自己爬起来，但是没有成功。

"啊，要紧吗？你要紧吗？"王仕花急得声音都变了。

"没……事，就是腰撞了一下……你扶我一下……"

风雨中，在王仕花的搀扶下，王继才站了

起来。

  回到宿舍，王继才对王仕花说："跟我爸、我二舅比起来，我这点伤算啥嘛！"他毫无怨言。但其实这一摔，王继才的肋骨裂了一根，断了两根，后来他不得不下岛住院治疗了半个多月。

亲爱的绿

王仕花第一次上岛时就留意到了那些菜地。

岛上的菜地全都朝南,大的比餐桌大一点儿,小的也就筛子那么大,都是当初解放军战士开辟出来的,至于上面有没有长出过蔬菜,也只有解放军战士才知道了。

王仕花看见的菜地,上面除了零星的杂草,就是裸露的石头了。

他们在岛上吃的每一棵蔬菜,都是从陆地上带来的。带多了,存放不住;带少了,又不够吃。如果在岛上能种地,那该多好呀,这样每天就能吃到新鲜的蔬菜了。

因此,第二次上岛时,王仕花特意带了各种蔬菜种子。王继才看到后，喜出望外——有了蔬菜种子，两人以后就有更多可做的事情了。

但他们很快就发现了一个问题：由于雨水不断冲刷，菜地里的泥土实在太少了，别说长蔬菜了，就是长根草都困难。

不过，王仕花到底还是有办法呀，她把泥土集中在两三块菜地里，先用它们做试验，看到底能不能长出蔬菜来。

自从播下蔬菜种子，他们每天除了升旗、巡岛、写海防日记、查看各项气象数据外，其余的时间都花在小菜地里。

心里揣着新的期待，日子就过得有滋有味了。

当泥土里钻出新芽，绽放出新绿的时候，他们别提有多高兴了。

"真是了不起呀！"王仕花说。

"真是了不起呀！"王继才也这样说。

泥土了不起，开山岛了不起，种蔬菜的人更了不起。

劳动的热情被完全激发了出来，他们不断地完善旧的菜地，又不断地开辟新的菜地。根据季节的变化，他们先后种了青菜、萝卜、豆角、辣椒、丝瓜、南瓜……

在以后的好几年时间里，王继才和王仕花不论谁离岛，回来的时候总会带一样东西，那就是泥土。有些热心肠的渔民，或者得到过两人帮助的渔民，也不忘给他们捎来泥土。

当然，开山岛的蔬菜自然要和王继才、王仕花一样经历台风暴雨、酷暑严寒，它们想娇气也无法娇气。有一次，发生了一件可怕的事：一夜之间，所有的蔬菜都被大风连根拔起，它们就像长了翅膀，全飞走了。

"还能怎么样？再种呗！"这样的事实在令人沮丧，但他们选择豁达面对，并从头再来。

终于，蔬菜以它们特别的方式对两人的辛勤付出给予了回报：有一个南瓜长了十多斤，即使在陆地上，两人都没有见过这么大的南瓜。

吃着自己种出来的蔬菜，那感觉就是不一样呀！那是一种幸福、一种甜蜜，更是一种成就感。

王仕花的脸上荡漾起了明媚的笑容。

看见妻子的笑容，王继才也舒心地笑了：只要

102　中华先锋人物故事汇　王继才　王仕花

能让王仕花在这岛上的日子多一份快乐,所有的付出都是值得的。

种蔬菜的成功,使两人又生出一个大胆的想法:种树。

光秃秃的小岛上,最好能有各种各样的树,包括果树。有了树,开山岛就有了一件可以变幻的美丽外衣,就有了四季色彩的绚烂;有了树,还可以防风,可以招来小鸟安家,说不定还能把知了吸引过来……

知了的叫声,会给开山岛增添美妙的"音乐",到时候,他们二人就可以伴着这"音乐",坐在树下纳凉,说说家长里短,这无疑是很有情调的事情。

艰辛的守岛生活的确更需要情调啊。

一九八七年的春天,王继才下岛买回一百多棵杨树苗,两人兴致勃勃地忙活了好几天,把岛上所有能栽树的地方都栽上了树苗。

看着一棵棵直立的杨树苗,他们在心里憧憬着:当小树绽出新叶的时候,开山岛就会是满眼绿色了。

给树苗浇水，也需要用淡水。

在开山岛上获取淡水不是件容易的事，王继才都是利用下雨的日子把雨水引入地下蓄水池，这样积累起来，两人才有了生活用水。他还先后多次往蓄水池里放入泥鳅，希望这些泥鳅能肩负起净化水的重任，防止水里的微生物肆意繁殖。

人民武装部曾用登陆艇给两人运送过淡水，但运输一次就需要花费五千多块钱，王继才得知后吓坏了，他恳请组织不要给他们送水了，说自己有办法解决。

夫妻俩怕浪费得之不易的淡水，平日里洗衣、洗菜、洗澡都不敢放开手脚用。但是，为了使栽下的树苗成活，他们硬是将自己的生命之水节省下来，保证每日的浇灌。

然而，时间一天天过去了，那些树苗竟然毫无动静。

他们仔细查看，发现很多树苗的枝丫都干枯了。拔出来一看，树苗的根部已经腐烂了。

这是怎么回事呢？在两人看来，栽树要比种蔬菜容易得多呀。是不是他们栽的杨树不适应开山岛的土质？

之后，他们又栽下了第二批树，这一次是槐树，有五十多棵。他们降低了要求，想着这回只要能活一半，甚至是只要活个十来棵，就不错了。

结果还是令人失望，五十多棵树没有一棵成活。

现实似乎在逼他们承认：树，无法在开山岛成活。

是因为岛上天天刮风吗？是因为岛上的土壤盐碱化吗？还是因为他们栽树方法不对？两人十分不甘心，难道树比人还娇气？他们都能待下去，树怎么会活不下来？没有树的岛怎么说也是不完美的。

第二年春天，他们继续栽树，甚至直接把树种撒在岛上各个地方。

到了第三年，开山岛终于迎来历史上第一棵成活的树，那是一棵苦楝树——是一斤多苦楝树种子中唯一活下来的。

这棵树给了两人巨大的鼓励和信心。以后的每年春天，他们都要在岛上种树，"总会有一棵成活呀"——这几乎成了他们的信念。

　　三十二年间,王继才和王仕花已经数不清在岛上种下多少种树、多少棵树了,他们辛勤耕耘的收获还有桃子、梨、樱桃、葡萄……让他们特别欣慰的是,那成活的一百多棵树,真的把昔日的荒岛变成了一个绿岛。

如果小狗会说话

南面山坡上一簇簇野菊花盛开的时候，开山岛陆续来了几位可爱的"客人"：一条小狗、两只麻鸡、一只羊。

这还是开山岛头一回迎来这样的"客人"。

小狗是最先来的，它毛茸茸的，一副憨憨的样子。除了眼睛，它浑身上下都是白色的。它分明不喜欢开山岛，因为这里既没有同伴，也没有别的小动物——连一两只能显示它能耐的猫也见不着。于是，它挣脱王仕花的怀抱后，撒腿就跑，它想回到原先的家。

王继才和王仕花不追不唤，任凭小狗在岛上奔来奔去。若他们不把它带出小岛，它又怎么能离开呢？除非它能长出翅膀来。

他们并不担心小狗迷路，毕竟开山岛的面积只有两个足球场那么大。

不久，小狗垂头丧气地回到王仕花的身边，冲她不友好地叫了几声，似乎在说"都怪你把我带到这个破地方"。

一连几天，小狗都表现得很焦躁不安，时不时地狂吠。它冲翻滚的海浪叫，冲大海上过往的船只叫，甚至冲飞舞的苍蝇蚊子叫。

当小狗发现它的吼叫毫无意义后，终于沉默了，它随便找了一块地方，一动不动地趴在那里，眼神里流露出一种说不清的忧伤。

那确实是忧伤呀。如果小狗会说话，想必它一定有很多的问题要问王继才和王仕花：你们为什么要待在这么一个无趣的地方？我没有同伴，你们两个人怎么也没有？你们为什么把我带到小岛上？那些船从哪里来又到哪里去？它们怎么就不在小岛边停一停？……

随后来到岛上的是两只麻鸡。

看见两只鸡，小狗真是喜出望外，它急忙跑到"新客人"的跟前。不管怎么说，它是先来的嘛，也算是有些"资历"了。出于礼貌，它觉得自己应该先跟鸡打一声招呼，顺便表示一下对它们"热烈欢迎"的态度。

哪想到，两只麻鸡一点儿也不领情，它们看见突然蹿来的小狗，吓得翅膀都夯开了，一边逃跑一边咯咯叫个不停。

在陆地时，鸡就不待见狗，因为狗常常毫无理由地找它们的麻烦。

麻鸡的态度出乎小狗的意料，它扫兴地喷了喷鼻子，还甩了一下脑袋。

麻鸡跑得不远，见小狗没有追来，就找吃的去了，但仍然保持着戒备。对这个小岛，它们说不上喜欢还是不喜欢，既然王仕花把它们带到岛上来，要它们生蛋，它们还有别的选择吗？

小羊是最后上岛的"客人"。

王继才其实并不赞成养羊，羊要吃草，而开山岛的草本就因为稀少而显得特别金贵。即便不吃草，羊也会吃他们种的蔬菜，若是栽了树，羊还会啃树皮……

但王仕花坚持要养羊，说养了羊他们就有机会喝上羊奶了。她还说，陆地上的人家喜欢养一头猪过年，那他们在开山岛就靠这只羊过年。她打算到时候把羊拴起来，没事的时候就去放羊。

至于草，王仕花跟王继才说："你放心，以后下岛，我会采集草的种子，等草种子撒到岛上后，咱们不就有草了吗？"

既然王仕花都这么说了，王继才哪里还有不同意的道理？

后来他们真的在开山岛撒了许多草种子。

还有一条养羊的理由王仕花没有说，那就是：岛上只有他们俩，很冷清，但她没法增加人数，只能增加岛上小动物的数量。小动物越多，开山岛就越热闹，越有生机，越有家的味道。

初到岛上时，小羊总是睁着那双温顺的眼睛，似乎看什么都觉得稀奇，它咩咩叫着，十分惹人怜爱。

可惜的是，小羊没能吃上那些草种子长出来

的草。

在一个台风之夜,小羊失踪了。王继才和王仕花把开山岛的角角落落都寻遍了,也没有发现它的影子。那天夜里它到底经历了什么可怕的事情,已经成了永远的谜。王仕花一连伤心了好几天,她很后悔把小羊带到岛上来,后来她再也没有动过养羊的心思。

时间一天天过去了,小狗跟两只麻鸡竟然成了"朋友"。

麻鸡到哪儿,小狗就跟到哪儿。有时候麻鸡起劲地用爪子在石头缝里扒拉,小狗就在一边安静地看着它们,偶尔还会轻轻地叫唤一两声。

当然,有时候小狗到哪儿,麻鸡也跟到哪儿。

看到小狗与麻鸡的转变,王仕花知道它们也寂寞,也需要朋友。于是,她又找机会带回来两条狗和两只鸡。

其中一只鸡是公鸡,不会生蛋,但是可以打鸣。在鲁河村的时候,每天都是公鸡报晓拉开一天的序幕,这打鸣声就是庄稼人的起床号令。

王仕花心想，要是这个"号令"声能在开山岛响起，该多么令人兴奋呀。

万万没想到的是，这只公鸡上岛以后，居然从来没有叫过一声！

但王仕花决定留下它，万一哪天它又能叫了呢？

至于那三条小狗，它们不但成了彼此的玩伴，还成了王继才和王仕花的忠实伙伴。他们升国旗，小狗们跟着；他们去巡岛，小狗们跟着；他们去菜地，小狗们跟着……

无论谁下岛了，等回来时，三条小狗总是在第一时间欢叫着迎上去，那开心的模样就像久别重逢。

开山岛真是越来越有家的味道了。

在王继才和王仕花的心里，狗和鸡已经不再是"客人"，而是与他们休戚与共的"家人"。

在这"家"中，王继才和王仕花也有越来越多的事情可忙了。

他们将开山岛该修的修一修，该补的补一补，比如门窗啦，混凝土剥落的台阶啦，简易码头啦，营房的屋顶、墙壁啦……

不过，让人有点恼火的是，常常出现这样的情况：白天刚刚补上的混凝土，还没来得及凝固，夜里就被雨水冲坏了。

没办法，只能重新修。

他们还把宿舍、厨房用石灰水粉刷了一遍。

三十二年间，他们自己都不知道为了修缮开山岛的设施花费了多少钱，而那些钱（包括买国旗的钱）都是从他们的补贴里支出的。

作为守岛民兵，两人每年可以领到的补贴只有三千七百元，二十多年都没涨过。在他们的身上，难得出现一件新衣服。按王继才的意思，新衣服应该紧着王仕花穿，毕竟哪个女人不爱美呢？可是王仕花却对王继才说："在这岛上，穿什么衣服不是穿？有了新衣服穿给谁看呢？"

有了新衣服可以穿给小狗看，穿给鸡看。不过，狗也好，鸡也好，它们根本不介意两人穿什么衣服。

王继才嘴笨，却对王仕花说了一句俏皮话：

"就算不穿新衣服，在我眼里，你也赛仙女！"

在他的心中，妻子是世界上最美丽的女人，也是最伟大的女人。他对她不仅有爱，还有感恩，要是没有她在身边，他真的无法想象自己能在开山岛坚守三十二年。

不知道三条小狗、四只鸡是不是越来越喜欢开山岛了，反正王继才和王仕花是越来越喜欢这个"家"了。

非做不可的事

"啊呀,王大哥,真是王大哥呀,我是潘弗荣……"自称"潘弗荣"的女人朝王继才急走几步,激动地说。

还不等王继才回过神,女人就紧紧握住他的手,眼睛里泪光闪闪。她从未想过还能再次见到自己的救命恩人。

这一天是二〇一七年十二月一日,事情已经过去二十多年了,昔日十九岁的姑娘如今已是两个孩子的妈妈。

这么多年她一直记着王继才大哥。

那是一九九六年的夏天,十九岁的潘弗荣和十来个妇女一同到开山岛捡虾皮。

一天午后，潘弗荣的肚子突然疼了起来。

同行的妇女找到了王继才，她们和附近的渔民都知道，开山岛的守岛夫妻有一个小药箱，里面备着各种常用药，若谁生病了，只需要跟夫妻俩说一声，他们便会毫不含糊地把药送过来。大家都相信，有事找这对热心肠的守岛夫妻，准能得到帮助。

王继才很快给潘弗荣送来了药让她服下，但却没有好转。潘弗荣的疼痛不见减轻，而且越来越厉害，她痛得在地上不停地打滚儿，忍不住哭出来。

王继才意识到这恐怕不是简单的肚子痛！他立刻联系附近的渔船并给县人民武装部打求救电话。

在众人焦急的等待中，来了一条小渔船。王继才抱起潘弗荣，朝码头奔去。他似乎没有感觉到潘弗荣的手一直紧紧抓着他的胳膊，把他的皮肤都抓破了，渗出了血。

王继才把潘弗荣一直送到了燕尾港镇卫生院。

医生诊断的结果是，潘弗荣患了急性阑尾炎，要是再晚来十分钟，她就有生命危险了。

帮潘弗荣缴过医药费并联系了她的家人后，王继才就赶回了开山岛。

像这样的事,对王继才和王仕花而言,只是他们做过的无数件救人性命的大事中"不足挂齿"的一件。

他们曾救助过三名落水的船员。那是在一次台风中,一艘山东的渔船触礁了,三名船员不幸落水,他们随时可能被狂风巨浪夺去生命。

这艘渔船不止一次来过这附近的海域,船员们看到开山岛飘扬的五星红旗就知道岛上有人守着。危急之中,三人只能抱着一线希望,拼命地呼喊求救。

王继才和王仕花早就领教过开山岛狂风巨浪的威力,在这种恶劣的天气去救人,意味着把自己置于极度危险的境地。然而,在听到呼救声后,夫妻俩仍是丝毫没有犹豫,立刻带上缆绳,赶到岛边,将船员一个一个拉上岸。

台风连着刮了四天,三名船员在岛上吃住了四天。

后来,他们只要再到开山岛附近来,必定上岛看望夫妻俩。

得到过救助的，还有燕尾港的史东财。

在一九九五年之前，开山岛还没有修建灯塔。没有灯塔，遇到浓雾时，海上打鱼的船只就很容易迷失方向甚至触礁，这对没有安装导航设备的小渔船来说更是危险。

那天，史东财就遇上了一个暴风雨之夜。在风急浪高的大海上，他完全失去了方向感。他多么希望眼前出现一座灯塔，但又知道这是不可能的……

就在他万分焦急的时刻，一个声音传入了耳中。这声音在海浪的冲击下很难听清楚，但他还是辨认出，那是敲击金属盆子的声音。

史东财一阵惊喜，他立马想到，这应该是王继才敲出来的声音，"告诉"他开山岛所在的位置。

确定了开山岛的方位，史东财很容易就判断出了自己渔船所在的位置，他顺利地驶出了困境。

那救了他性命的声音，确实是王继才敲击盆子发出来的。其实，在岛上没安灯塔的岁月里，王继才曾这样坚持做了好久。只要大海上能见度低，不论是不是漆黑的夜晚，是不是大风大雨的天气，他都会拿着铝盆，去码头边，一连数个小时不停地敲击着，发出信号。

这是一个守岛人非做不可的事情吗？王继才觉得是。

在他心里，要是不做这件事，那就愧对开山岛上空飘扬的五星红旗，夜里睡觉都不会踏实。

正是这一件件"非做不可"的事情，让太多人一提起王继才，言语里总有说不尽的感激，渔民黄晓国就是其中的一位。

那一天，黄晓国把他的汽油艇停靠在开山岛的码头，给油箱加油。就在他给发动机点火时，汽油一下子被引燃了。

黄晓国吓呆了。眼看着大火迅速地沿着艇身蔓延开来，他跑上码头，没命地喊起来。

巡岛的王继才听到喊声，匆忙赶过来。

一看是汽油着火，他丢下一句"我马上就来"后，立刻转身跑向宿舍，取回了两床棉被。要知道，这时候发动机随时都有可能爆炸，一旦爆炸，必会艇毁人亡。然而他全然不顾自己的安危，把棉被按进海里浸湿，然后拎起它们跳上汽油艇的一侧，将它们覆盖在燃烧的发动机上。

直至大火全部熄灭，王继才才长长地舒了一口气。

黄晓国的汽油艇保住了，他万分感激。当他提出要买两床新棉被还给王继才时，王继才却摆着手说："没啥，没啥，我家里还有！"

三十二年间，开山岛的五星红旗，以及旗帜下面坚守着岗位的夫妻俩，总能给那些出海及归来的渔民带来踏实感，带来家的温暖。

王继才和王仕花从来不觉得自己做了什么了不起的事，只当这些都是举手之劳。他们总想着，既然是民兵，不就该为人民服务吗？就像解放军，哪里有困难，哪里情况紧急，哪里就有他们的身影。

夫妻俩不提自己救助过多少渔民，反倒是常说，他们能坚守开山岛三十二年，离不开众多渔民朋友的支持。正是渔民朋友给他们捎来了各种生活用品，用船载他们一次次离岛、回岛。多年来，也正是渔民朋友在无形中充当了他们与陆地联络的"信使"。

孤岛的浪漫

王仕花第二次上岛后不久,发生过一件浪漫的小事。

那天上午,巡岛回到宿舍的王仕花一进门就猛地愣住了——她看见了一束花。

它插在一个空瓶里,瓶里装着水。这是一束金黄色的小花——一束野菊花。

"啊,还有花?"王仕花惊喜地叫起来,走到花跟前,凑上去使劲吸了一口气。她微眯起眼睛,回味着花香。

"这是哪儿来的花?"

"岛上的。"王继才笑呵呵地说。王仕花高兴,他自然也高兴。他一直知道王仕花喜欢花,这些刚刚采来的野菊花就是他送给二十四岁妻子的礼物。

"哦,开山岛还有花,太好了!走,带我去看看!"王仕花顺势拉住了王继才的手。

王继才带着蹦蹦跳跳像个孩子似的王仕花来到开山岛的南山坡,那里有零星开放的野菊花,它们是秋天开出的第一批花儿。

"以后别把花掐下来了,让它们好好在这儿长吧!"王仕花认真地对王继才说。她还是更喜欢花儿开在大自然里。

往后,王仕花经常来这里看野菊花,而这件小事也被王继才记在了心里。

开山岛的浪漫就像贫瘠的泥土中开出来的小花,被守岛人视若珍宝。

一九八七年元旦后,王继才借下岛的机会特意带回了两样东西:两株玫瑰花苗和几口袋泥土。

王仕花喜欢花,然而除了上次摘的那些野菊花,王继才可从来没有给妻子送过花,更别说玫瑰花了。他心想,如果这两株玫瑰花苗能在开山岛活下来并且开出花来,那么妻子就有机会欣赏美景了。

王仕花看到王继才带来的泥土,还以为是用来种蔬菜的,因为那时候他们已经在岛上自己种菜了。

但王继才告诉她,这是他从老家挑来的泥土,泥土里有许多家乡才有的植物的种子。有了这些泥土,开山岛不就能长出家乡的花花草草了吗?而王仕花看见这些花草,就不会那么想家了!

真是有心呀!王仕花看着一心为她着想的丈夫,脸上荡起了幸福的红晕,眼睛也湿润了。

夫妻俩从来没有把对彼此的爱挂在嘴上,而是放在心里,放在行动中。正是这种爱,使得两个人相濡以沫,同甘共苦,一起走过三十二个春秋,一起创造守岛的奇迹,一起成为人们不能忘却的英雄。

王仕花亲自为两株玫瑰花苗挑选了"宝地"栽下去,并覆上一层家乡的泥土。

两人对玫瑰花苗每日精心照料,呵护有加,一次次在心里想象着花儿绽放的情景。可惜,它们最终和杨树苗一样,都没有成活。

不过，令人欣慰的是，家乡带来的泥土里真的生长出了花花草草。往后，这些花草不但向两人传递着四季更替的消息，而且还成了岛上最美丽的风景之一。

夫妻俩常常站在这些家乡的花花草草面前，深情地凝视着它们，想起上岛前那些琐碎而又温馨的日常生活。

开山岛需要浪漫，王继才和王仕花就"创造"浪漫。

在开山岛，没有节假日，没有周末，若是连台风暴雨都不来"捣乱"一下，那一年三百六十五天，他们过的就几乎是完全相同的日子。

那王继才和王仕花"创造"的浪漫是什么呢？

他们打扑克牌，下跳棋，充当跳棋棋子的是瓶盖儿。

他们会在饥饿的日子里想象各种美味佳肴：白花花的大米饭、圆乎乎的馒头、香喷喷的烤鸭、大块大块的红烧肉……

他们变身为发型师，王仕花给王继才修剪头

发,王继才给王仕花梳头扎辫子。

有一次,他们还决定在周末开个演唱会,名字就叫"开山岛民兵哨所周末演唱会"。一根胡萝卜就是麦克风,王仕花把头发盘到头顶上,她既是主持人,又是演唱者;等轮到王继才唱时,她又成了热情的观众。

他们唱《唱支山歌给党听》。

他们唱《绣红旗》。

他们唱《战士的第二故乡》。

他们唱《过雪山草地》。

他们唱《咱当兵的人》。

他们把会唱的、能想起来的都唱了。

他们唱得忘记了时间。

他们唱得热泪盈眶。

他们第一次发现,他们热爱开山岛,热爱这里的每一天,他们可以让艰苦的日子过得有声有色。

开山岛的浪漫还跟收音机有关。

收音机最大的好处就是可以随身携带,走到哪儿听到哪儿。于是,烈日下、严寒里、星光里、月光下、海岛边，总会出现他们两个相依着听收音机的身影。

从收音机里，他们知道了国内外的大事，知道了奥运会在北京召开，知道了日本动中国钓鱼岛的歪心思……

王仕花更是从收音机里学会了唱一首首流行歌曲。

第一台收音机，他们用了三年多。

三十二年间，他们一共听坏了二十二台收音机。收音机无疑成了他们生活里离不开的亲密"战友"。

开山岛的浪漫总跟开山岛的寂寞与艰辛形影相随，开山岛的浪漫是对付开山岛的寂寞与艰辛的"利器"。

有了这些浪漫，王继才和王仕花对守岛生活也有了新的期待。

"一点儿也不好玩"

上小学前的那个暑假,王苏终于可以去开山岛了。

她和奶奶一块儿搭乘渔船出发,那天真是难得的好天气,她们在港口竟然都能看见开山岛的影儿——那个在海上飘忽的灰白色的小点。阳光明媚,大海泛着细碎的波浪,王苏的心里有些激动也有些不解。

从三岁那年起,开山岛就一次次出现在王苏的梦里,它十分神秘,是比花果山还要好玩的地方。

但为这座"好玩"的岛,王苏不知道已经流了多少眼泪。她一次次想上岛,却总不能如愿;而且,别的孩子回到家,都有爸爸妈妈的陪伴,她却没有，就连头疼脑热的时候，爸爸妈妈也仍在岛上不回来。她知道那些常年不在家的父母，通常都会给他们的孩子买新衣服、新玩具，但她却什么也没有……

在王苏的想象里，开山岛是一个非常非常遥远的地方，也正因为遥远，爸爸妈妈才难得回来一次。

可是现在她发现，原来开山岛这么近呀，那个小点不就在眼前吗？

既然这么近，爸爸妈妈为什么总不回家呢？

他们每次回来都是为了采购吃的、用的，急匆匆的，连在家过个夜都顾不上。

唯有生病了例外。

那一次爸爸的肋骨摔断了，在家躺了半个多月。

半个多月呀！王苏终于可以跟爸爸说说话了。一进家就能看见爸爸，她别提有多开心了。她给爸爸端茶水，端饭菜，她愿意为爸爸做任何事，只要爸爸能多在家待一些日子。

王苏甚至天真地想，要是妈妈也把肋骨摔断个两三根，不就也能在家待半个月不走了？

这里的"家"，其实是他们在燕尾港镇居住的出租屋，是王继才和王仕花都去了开山岛后租的。奶奶告诉王苏，这个家离开山岛近一些，爸爸妈妈要是回来，会更快，以后王苏在燕尾港镇上学也更方便了。

出租屋只有小小的一个房间，十平方米左右，既是厨房，又是卧室，供奶奶和王苏住。跟鲁河村的家比起来，王苏一点儿也不喜欢燕尾港镇的这个家，它实在太小了，还得付钱。

不过，在看见开山岛的那一刻，王苏很快就忘记了曾经的委屈，手舞足蹈地叫起来：

"爸爸——"

"妈妈——"

"我和奶奶来啦——"

王苏满以为爸爸妈妈一定能听见她的喊声，然后会站到岛边上，朝她和奶奶挥手。可是，那个灰白的点毫无动静，甚至让王苏怀疑，爸爸妈妈不在那个岛上。

"怎么还不到呀？"王苏一遍一遍地问着。她觉得只要看见了小岛,就应该能很快到达小岛。

然而,驾船的伯伯总是不急不躁地回答她说:"快了,快了。"

后来,王苏终于懒得再问了。

再后来,王苏的脑袋垂在了胸前,伴随着船的晃动,她进入了梦乡。

茫茫大海上的行程实在太无聊了。

一个多小时后,王苏被奶奶叫醒了。她睁开迷糊的眼睛,看见码头上,爸爸妈妈正冲她和奶奶笑着,旁边还有一个乐得合不拢嘴的小男孩,他就是三岁的弟弟王志国。

"奶奶——姐姐——"王志国快活地喊道。

爸爸妈妈的身边还有三条白色的狗,它们也快活地叫着:"汪汪!汪汪!"

王苏和奶奶还没有见过这三条狗,但它们好像早就认识她们一样,到了码头上,围着她们撒欢儿,还把鼻子凑到她们的跟前不住地闻着,其中的一条狗居然在王苏的面前站起来,似乎要伸出一只爪子跟王苏握手。

"一点儿也不好玩"

王苏逗了逗小狗,然后把注意力集中在了眼前的风景上。

这就是她日思夜想的开山岛吗?没有花,没有树,没有鸟,除了石头还是石头,这完全不能跟花果山比呀!虽然王苏并没有去过花果山。

这么一个小岛,凭什么把她的爸爸妈妈给"迷"住了?家里的地不种了,学校的老师不当了,鲁河村的家也不要了……王苏想不明白。

三条狗仿佛知道接下来爸爸妈妈要做什么似的,它们乐颠颠地走在前面,而一家人跟在它们的后面。

"小苏,在岛上,一定要好好走路!"妈妈叮嘱道。

开山岛没有燕尾港镇那样的平地,不是想怎么走就能怎么走的。在开山岛上,每个脚步都要踩实了,走稳了,上下台阶也不能过快。在开山岛,无论在哪儿摔一跤,都绝对少不了要痛苦几天。

王苏和奶奶看了爸爸妈妈的菜地,看了他们栽活的苦楝树,看了家乡泥土上长出来的野花野草……

爸爸妈妈显然为这些感到骄傲，仿佛是多么了不起的事情。可王苏和奶奶却不以为意，那些巴掌大的菜地，根本就不能跟鲁河村的菜地相比呀。鲁河村的菜地才是正儿八经的菜地，种什么就长什么。至于苦楝树，在鲁河村太常见了，要不是整个开山岛上只有这一棵苦楝树，王苏和奶奶都不会多看它一眼。那些野花野草就更没有什么可稀罕的了，村里遍地都是……

王苏和奶奶看了爸爸妈妈的宿舍，又看了他们的厨房。

这些同样不能跟鲁河村的家相比。

不过，当见到一岁的妹妹王帆时，王苏和奶奶还是非常开心的，妹妹的笑脸别提有多可爱了。

后来奶奶叹息着说："你们不容易呀！"

爸爸妈妈却非常满足地说："我们挺好的呀！"

王苏忍不住说："不好玩！"

爸爸妈妈一时愣愣地看着王苏，好像很奇怪她会说出这样的话来。其实王苏不是来玩的，她是来帮爸爸妈妈照看弟弟王志国和妹妹王帆的。

王志国替爸爸妈妈解了围，他响亮地说：

"好玩！"

王志国是真的觉得这里好玩。在开山岛，妈妈给他唱歌，给他讲故事；爸爸捉螃蟹鱼虾给他吃；三条狗陪他玩，几只鸡还会下蛋……

而且他在这里还有妹妹，等妹妹再长大一些，就能和他一起玩了。

王志国是在开山岛出生的，而且还是爸爸亲自接生的。爸爸毫无经验，但是在那个狂风暴雨之夜，没有人能帮助他们，他不得不心惊胆战地上阵。直到现在，一回想起这件事，爸爸就会感到十分后怕，说母子俩真是从鬼门关闯了一回。

爸爸认真地对王苏说："小苏，开山岛可是战略要地……"

对一个还没上小学的孩子而言，"战略要地"四个字未免太深奥了，但是再深奥，爸爸也想好好跟王苏讲一讲，她是他们的女儿呀，她怎么能说开山岛"不好玩"呢？再说，他和妈妈在开山岛可不是为了玩。

妈妈出来打圆场："行了，你那些道理留着以后慢慢对王苏讲吧。"

爸爸自嘲地笑笑,说道:"好好好,以后说,以后说。"

王苏在岛上待了近两个月,这期间爸爸还是把他的"道理"跟王苏讲了。然而离岛那天,王苏依然对送她的爸爸妈妈说:"开山岛一点儿也不好玩!"

王苏可以找到一百条不喜欢开山岛的理由:开山岛没地方玩,开山岛的苍蝇蚊子又多又凶猛,开山岛的台风太吓人,开山岛的饭菜远没有家里的好吃,开山岛除了他们一家就只有三条狗和几只鸡……

爸爸这一次没有再讲道理,他只是低下头伸手在脸上抹了一把。

妈妈轻轻叹息了一声。

有一点爸爸妈妈都是清楚的,他们亏欠女儿,这种亏欠从她三岁那年就开始了。

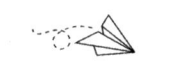

刻骨铭心的饥饿

在开山岛上的饥饿,总是跟大风大雨联系在一起。

最初,由于上岛时间不长,王继才和王仕花对要面临的饥饿认识非常不足;而且,那时候他们还没有收音机,无法及时获知天气预报来应对突发状况。

两人第一次尝到挨饿的滋味是在一九八六年的十月。

那一次遭遇的是风暴,两人起初并没有当回事,以为两三天之后就会结束,一切回归正常。

没想到的是,风暴持续了六天。两人终于开始感到紧张了,因为存放的食物眼看就要吃完了,如果再有三五天，他们必然面临断炊的境地。

若是在这三五天的时间里，风暴能结束，他们就可以乘船回陆地去镇上采购，或者托渔民朋友捎带食物来岛上。

想得很美好，风暴却不见停。为了节省食物，他们不得不一天只吃两顿，后来索性一天只吃一顿。

尽管如此，食物还是吃完了。

王部长打来电话，问王继才这边有没有什么困难。

当然有困难，最大的困难就是没有吃的，但这天气，就算是王部长也没有办法解决。于是王继才回答说，就是有困难，他们也能克服。

两个大活人还能被饿死吗？海边岩石上的海蛎子不是可以吃吗？既然没吃的了，海蛎子就是他们的"美味"。

王继才和王仕花系上那根可以护命的背包带，顶着狂风，走出了营房。

风随时会把他们刮倒，风也随时会把他们卷入大海，两人一路上跌跌撞撞，步步惊心，时刻面临着生命危险。他们无暇顾及手上的皮被摔破，也无暇顾及膝盖被撞得钻心的疼痛。

就算路上再难，也得去找吃的呀，总不能啃开山岛的岩石吧！

两人终于来到了岛边。

巨大的海浪也给他们出了难题，它们一个个高达三五米，前仆后继地扑过来，发了狂似的撞击着岩石，撞出无数的水花。他们只能等海浪落下去的那一刻，才能看见几乎与礁石融为一体的海蛎子。

海浪给两人的时间只有五秒左右。

海蛎子吸附在礁石上，可不是轻易就能拿下来的，采集它们必须用力抠，用劲拽；而且它们的棱角像锋利的刀子，稍有不慎，手就会被划破，所以动作要一气呵成，绝不能拖泥带水。

其实采集海蛎子最好的办法是戴上胶皮手套，用铲子铲，但王继才和王仕花什么工具也没有。他们只好用鹅卵石敲碎海蛎子的壳，直接取它们的肉，可有时候还没等他们把肉取下来，肉就被海浪卷走了。

如果是平常的日子，海蛎子肉可以用来炖汤，可以做成烧烤,可以和豆腐一起炒着吃,可以与鸡蛋烙成锅塌,全是名副其实的美味,然而两人现在只能把海蛎子肉水煮了直接吃。

眼下,能把肚子填饱就已经非常不错了。

当岛上仅剩的煤球也全部被雨水打湿,火柴也用尽了的时候,他们不得不直接吃生的海蛎子肉。

王继才和王仕花的三个孩子也经历过这种刻骨铭心的饥饿。

王志国生在开山岛,长在开山岛,每到大风大雨的天气,他首先想到的就是他们又要挨饿了,爸爸妈妈没法下岛去采购,船也没法把吃的捎到岛上来。

王志国非常讨厌饥饿,也非常害怕饥饿,因为一到那时候,他的肚子就空荡荡的,还不时发出咕噜咕噜的声响,更要命的是浑身没有力气,脚步软绵绵的,看见什么都想上去啃一啃。可是在开山岛,他又能啃什么呢?

王志国能啃的只有海蛎子,而且一天三顿都吃海蛎子,一直吃到大风大雨停了,岛上重新有了食物。清水煮的，生的，他都吃过，吃得他一看见海蛎子就想吐。吃够了海蛎子，再吃那些平常的饭菜，王志国觉得都是山珍海味。

因为海蛎子，王志国还跟爸爸闹过不小的矛盾。

那是开山岛上的一个冬天，岛上本来就比陆地冷，凛冽的寒风还刮起来没完没了。寒冷加剧了饥饿之感，而饥饿又使人更无法抵御寒风。那些天妈妈不在岛上，王志国天天闹着要妈妈，他想妈妈带来厚厚的棉衣，想妈妈带来大米和面条，想妈妈带来酥酥甜甜的饼……

储备的粮食吃完了，风还没有停止。风不停止，妈妈就没有办法回到岛上。

人没的吃，岛上的鸡和狗也没的吃。

爸爸能想到的唯一办法，还是取海蛎子的肉。海蛎子肉不仅人能吃，动物也能吃。但就连鸡和狗也吃腻了这道"海鲜"，每次看见海蛎子肉，它们都显得不情不愿的。

王志国本来是一个听话懂事的孩子，可是这一次他不干了。他明确地表示，他不吃海蛎子，要吃就吃鸡蛋。

其实在平常,他们是不舍得吃鸡蛋的,都积攒下来带到燕尾港镇换钱,然后买柴米油盐等生活用品。

当然特殊时期,爸爸肯定是愿意把鸡蛋给王志国吃的,可让人头疼的是,越需要鸡下蛋的时候,它们反而跟商量好似的都不下蛋了。

没有鸡蛋,王志国就索性大闹起来,不但哭叫着要妈妈,还躺到地上打滚儿。他以为,爸爸那么喜欢他,只要他这么一闹,爸爸肯定会想出好办法,给他做出好吃的,最起码做点白米饭或者面条什么的。

可是,王志国想错了。爸爸本来心情就很糟糕,被他这么一闹腾,火气一下就冲了上来,一只手抓起王志国,另一只手抡了起来……

王志国吓得哇哇大哭,最后还是乖乖地去吃海蛎子了——硬着头皮吃,含着眼泪吃。

王苏和王帆姐妹俩头回经历饥饿是在一年春节期间。

过春节怎么可能挨饿呢？那时候不应该有各种美味佳肴等着她们吗？可是她们偏偏就赶上了，那一次是全家人在岛上一起挨饿。

那年王苏九岁，学校一放寒假，她就来到了岛上。对王苏来说，整个寒假能跟爸爸妈妈、弟弟妹妹一起过，是一件幸福的事情。可惜，这种幸福被开山岛的寒冬季风吹得只剩下痛苦。

风太大，刮太久，一家人先是失去了火源，然后开始吃生米。米吃完了，便又只能吃生的海蛎子了。

开山岛的海蛎子似乎就是为这一家人在特别艰难的时候准备的。

这是王苏和三岁的王帆第一次吃生的海蛎子，看起来实在难以下咽，她们只好闭着眼睛吃，谁知很快就吐了出来。

两个孩子都哭了。

这种事情要爸爸妈妈怎么帮助她们呢？王继才和王仕花只能等，等一天，等两天，等三天，等她们饿急了，再难吃的东西也能咽下去。

果然，王苏和王帆饿了两顿就受不了了。

爸爸妈妈赶紧给姐妹俩做榜样，当着她们的面，把一块块生的海蛎子肉塞进嘴里，装出吃得津津有味的样子。

"王苏呀，你是姐姐，要给妹妹带个头呀！"

要想不挨饿，只能吃这恶心的东西了。王苏横下心来，紧闭着眼睛，把海蛎子肉塞进嘴里，嚼都没嚼，就迅速咽了下去。

看姐姐吃了，王帆哭着也跟着吃了。

这种别人无法想象的日子一直持续了十七天！

十七天里，一家人唯一的信念就是活下去。活下去，爸爸妈妈才能继续保家卫国；活下去，三个孩子才能长大成人。

离岛的那天，王苏在心里发誓，以后再也不来开山岛了，开山岛实在太可怕了！

然而，惦念的亲人在这里，她又怎么能不来呢？在以后的寒暑假里，王苏还是每次都会上岛，开山岛也成了她的另一个家。

跌跌撞撞长大

一九九三年八月的最后一天,在岛上吃过午饭后不久,爸爸领着王苏和王志国登上渔船,准备离岛。

码头上的王帆突然哇地哭起来,她舍不得哥哥姐姐走。以后她跟谁玩呢?岛上的小狗倒是会围着她转,可小狗不会说话,不会唱歌,也不能和她做游戏。

但王苏和王志国的确没法继续待在岛上了,因为明天就是开学的日子了,也是王志国成为小学生的第一天。

对于这一天,王志国已经期待了很久。背上书包的那一刻,他心情别提有多激动了,尽管那是一个已经褪了色的军用背包。

燕尾港镇、学校、老师、同学……他将要去的地方无疑要比开山岛大,要比开山岛热闹好玩。他从此再也不用担心狂风暴雨,再也不用害怕忍饥挨饿了。

到了燕尾港镇,王继才带着王苏和王志国直接去了学校报到。

爸爸第二天一早就要乘船回岛,走之前,他对姐弟俩说了三句话。

第一句话是:"你们都要好好读书!"他的语气非常严肃。

然后他缓和了口吻,又说了第二句:"王苏,王志国,你们都要好好的呀!"

两个孩子都安好,夫妻俩在开山岛就安心了。

王苏和王志国都冲爸爸点了点头。

"那爸爸走了呀。"说了这句话,王继才就转过身走了。

姐弟俩一直看着爸爸大步走远的背影,以为爸爸会回头看看他们,但是爸爸没有。

王苏收回目光,心忽然就沉了下去,眼泪也开始往上涌。然而，王苏知道，她是大姐，是弟弟妹妹的榜样，不能轻易在王志国的面前掉眼泪。

她硬是把眼泪压了回去。

王志国这时有些难以置信地说："啊，以后就剩我们两个人了吗？"

可不就剩他们两个人嘛！十来平方米的出租屋就是他们姐弟俩的家，一个没有爸爸妈妈的家。以后他们要自己做饭，自己洗衣服，自己打扫卫生，自己采购生活必需品……

总之，所有的事情都需要他们自己去做。

王苏是一个勤快的女孩，她对自己做家务的能力是有信心的，这能力都是爸爸妈妈不在身边给逼出来的。

本来出租屋这个家里还有奶奶，从爸爸妈妈一九八六年上岛那天起，奶奶就一直照顾着王苏。然而在这个暑假，王苏上开山岛后，奶奶就被叔叔接走了。以后奶奶不会再回到这个家，她已经八十岁了，到了需要别人照顾的年龄。

但有些事情不是靠王苏的勤快就能解决的。

一星期还没过完，王志国就沮丧地对王苏说，他不想上学了，他要回开山岛，他要跟爸爸妈妈在一起，要跟狗在一起。

对于王志国来说，开山岛的生活简单、快乐，想做什么就做什么，想去哪儿就去哪儿。他可以在石头上一坐就是半天，他可以入迷地看着无休无止的海浪冲击着岩石，他可以兴趣盎然地看着蚂蚁搬家，夜晚来临时分那些小昆虫的浅唱低吟他也喜欢听。他的玩具也简单易得，要么是石子，要么是抓来的小螃蟹……

在岛上，狗是他忠诚的伙伴。狗不会笑话他不说话，也不会笑话他总是一个人玩。

王苏没法理解在开山岛长大的弟弟。她吃惊地看着弟弟说："你不想读书啦？"

王志国啜嚅道："妈妈可以教我。"

王志国没有上过幼儿园，所有在幼儿园该学的东西，都是曾经做过老师的妈妈教他的。

"你还指望妈妈教你一辈子吗？你要是敢回去，看爸爸打你不？"王苏吓唬王志国。她其实对弟弟这个念头有些不安，弟弟要是真走了，这一个人的家该多冷清呀,而且到时候爸爸妈妈肯定会批评她没有当好这个姐姐。

不过,看见王志国委屈的样子,王苏又马上安慰道:"等过一段时间就好了,你这不是才刚当上小学生嘛!"

事实上,即使到了小学三年级,燕尾港镇的生活都没有给王志国带来真正的欢乐。

在镇上、在学校、在上学来去的路上,总有一些孩子向他投来异样的目光,似乎当他是异类。王志国对此可以视而不见,但总有几个"讨厌鬼"找他的麻烦,让他没办法应付。姐姐不能寸步不离地保护他,而且这些孩子也不把姐姐放在眼里,甚至连姐姐都欺负。

爸爸妈妈从来没有来学校参加过家长会,尽管他和姐姐一次次告诉别人爸爸妈妈是开山岛的守岛民兵,但总有人说他们就是没爸没妈的小孩,说他们被抛弃了。

气人的是,老天爷好像也会欺负他们,总是招呼也不打一声,就在放学时分下起大雨。

对别的孩子来说,这算不上什么麻烦事,因为爷爷奶奶或者爸爸妈妈会给他们送来雨伞雨鞋。可是，谁给这对姐弟俩送雨伞雨鞋呢？他们只能等雨停了或者变小了再回家。要是雨一直下个不停，他们就只能硬着头皮往家跑，最后变成两只落汤鸡，甚至被淋得患上感冒。

王苏和王志国最怕的就是生病，包括感冒。身体难受的时候，他们总是选择硬撑，等实在撑不住了才去镇上的卫生院看医生。不管谁生病，他们两人总是一块儿去。

每当接诊的医生惊讶地问"你们的爸爸妈妈呢？他们怎么不带你们过来"，他们便会认真地回答说"爸爸妈妈在开山岛"——言外之意是，不是爸爸妈妈不愿意带他们来看病，也不是爸爸妈妈不要他们了，而是守岛任务太重要了。

姐弟俩有时候忍不住落寞地想：在爸爸妈妈的心里，他们是不是永远没有开山岛重要？

王苏和王志国很羡慕妹妹王帆，虽然岛上的环境不如镇上，但她能在爸爸妈妈的身边呀。只要跟爸爸妈妈在一起，就没有他们这些心酸事。

但他们不知道的是，在王帆心里，她也非常羡慕姐姐和哥哥，羡慕他们的"幸福"生活：能住在燕尾港镇，能背着书包去学校……

五岁那年，王帆差点丢了命。

那是夏秋之交的一个午后，王仕花突然听见一声惊恐的"啊"，循声看去，王帆已经躺在了岛南侧下边的坡道上。她立刻赶过去，喊着女儿的名字，可是王帆一动不动。

正忙着挑水浇菜的王继才一听到王仕花的喊声，立刻扔下扁担和水桶，奔跑着赶过来。他抱起王帆，掐住她的人中……

王帆依然没有一点儿反应。

"快，快，赶紧去招船！"王继才嘶哑地喊道。

王仕花脱下身上的外套，跑到一处高坡上，使劲挥舞起来，那是他们跟渔船联系的特殊信号，意思是他们需要乘船下岛。附近的渔船只要看见了这信号，便会把船开过来。

二十多分钟后，来了三条船。

王继才抱着王帆，上了一条船。在途中，他们又被好心的渔民送到行驶速度更快的一条船上。

上了陆地，王继才一路狂奔，淋漓的大汗把整个上衣都湿透了，王仕花空着手都赶不上他。

燕尾港镇卫生院的医生看了王帆的情况却不敢接收，让他们赶快转到医院去。于是，救护车拉着他们到了最近的一家医院。哪想到，医院也不敢接收。王继才和王仕花急得火烧火燎，要是再这样折腾不定，王帆的救治被耽误了怎么办？在他们的一再恳求下，医生终于答应试一试。

那真是痛彻肺腑的一夜，夫妻俩都没有合眼，一直紧紧盯着王帆，期待着女儿苏醒过来。

王仕花都不知道自己流了多少眼泪，心里不住地责备自己：怎么就没有看护好王帆呀？守岛就那么重要吗？

万分庆幸的是，第二天上午九点多钟，昏迷了近十八个小时的王帆终于醒了过来。她那一双豆子似的眼睛眨巴着，似乎在疑惑自己怎么躺进了医院，爸爸妈妈怎么都守在她的身边。

"妈，我饿了。"王帆动了动嘴唇，说出了第一句话。

夫妻俩的眼泪呼地滚了出来，那是他们激动又惊喜的眼泪。

王帆后来回想起了昏迷前的情景，说是冬青树的树枝把她绊倒了，接着她就从两米多高的围台上栽了下来，摔得什么也不知道了。

回到岛上后，王继才做的第一件事就是把"闯祸"的冬青树给修剪了，还在围台旁用海蛎子的壳填起了一条与围台差不多高的小路。往后，无论哪个孩子走在这条路上，都不用担心摔倒了。

其实，就算王继才不这么做，王帆后脑勺儿上那块明显的拇指大小的疤痕，也已经足以让孩子们对那个"肇事"的围台"敬而远之"了。

贫困中的坚守

王志国很不情愿地走在身穿迷彩服的爸爸前面。他一直低着头,既不想看见熟人,也不想被熟人看见。

不管怎么说,今天这事肯定要被同学笑话了。

寒风真是淘气,明明看见王志国穿的衣服那么少,还一个劲儿地往他身上钻,霸道地搜走他身上的热乎气。

在这样阴冷的日子,王志国哪里也不想去,可是,他偏偏得带着爸爸去见他同学的父母——王继才需要向这些经济条件好的家庭借钱。快要过年了,王志国家没有钱采办年货。

走在燕尾港镇的街头,能明显地感受到浓郁的过年的气氛，有的人家腌制的腊肉、自制的香肠风干了，有的人家在忙着杀猪宰羊，鱼呀鸡呀自然也少不了……

王继才想借的钱不多，五十块钱就够了，再加上他身上的二十几块钱，一家人也能过一个像样的年了。

然而，他说了很多的好话，赔了很多的笑脸，就是没有借到一分钱。

那些人像商量好了似的，都说家里没钱。别看王志国只有十岁，他还是能从那些人的语气和目光里看出他们对爸爸的态度。

王志国感到十分难为情，也替爸爸感到难过。

回来的途中，王志国忍不住气恼地说："我说不来，你偏要来！"

王继才却一副毫不在意的样子，笑着说："身上这点钱也够了。"

王继才用仅有的二十多块钱采办了年货：四十斤大米、一斤猪肉、一口袋别人挑剩下的大白菜，还有三块钱一串的小鞭炮。

父子俩回到开山岛，王仕花、王苏和王帆都开心地围上来，她们要看看爸爸究竟买了哪些年货。王志国看到姐姐和妹妹的眼睛里都闪烁着期待的光芒，心想：她们一定幻想着爸爸会给她们买新衣服、新鞋子吧？

当王继才拿出那些年货时，姐妹俩眼睛里的光芒熄灭了：就这么点东西，也能叫年货？

王仕花却是高兴的——不借钱，还能把年过了！借钱才更让人愁。

这时，王帆出乎大家意料地冲王继才问了一个问题："我们家怎么总是没钱？"

这个问题道出了王帆一直以来的感受，她的同学有一件件的新衣服、一双双的新鞋子、一个个的新玩具，更让她羡慕的是，他们身上还揣着零花钱。

家里要是有钱，他们三个孩子就不用穿亲戚家孩子的旧衣服旧鞋子了；家里要是有钱，他们就可以经常吃大鱼大肉了；家里要是有钱，就不用一次次拖欠学校的学费了，以后王志国读高中、读大学也不用发愁了……

王继才因为王帆的话而愣住了。

王仕花也愣住了。

王苏和王志国齐齐地看着王帆，妹妹问出了他们也一直想不明白的事。然后姐弟俩又不约而同地看向爸爸黝黑的脸，爸爸该怎么回答呢？

王继才动了动嘴唇，说出底气不足的几句话："我们家有钱……就是钱不多……钱要花在该花的地方……"

这是王继才尴尬又无力的回答。这种贫困窘迫贯穿了他和王仕花三十二年的守岛生活。

"我们家有钱"指的是他们夫妻俩都有工资挣。但在相当长的时间里，王继才和王仕花的工资加起来也就每月五百元多一点儿，全年收入连七千元都不到。他们上有年迈的父母，下有三个年幼的孩子，什么地方都需要钱。

尽管他们一省再省，钱还是不够用。但有些开支王继才和王仕花是绝对不会省的，比如：缴纳两个人的党费，购买岛上维修用的水泥、沙子、砖头等各种材料，购买那二百多面国旗，他们用的都是自己的工资。

夫妻俩已经想了各种能补贴家用的办法：只要有空闲，他们就去岛边捕鱼摸虾，捡苦螺，铲海蛎子，放蟹笼捕蟹……

他们将捕获的海产品请渔船捎到岸上，交给王苏拿到燕尾港镇去卖。

最初卖这些海产品的时候，王苏只有十岁，还是小学生，每一次叫卖她怎么也喊不出声音，怕看见熟人，特别是同学。她往往红着脸，低着头，守着一摊东西，能卖多少是多少。得了钱，王苏就采购煤球、大米、油盐等物资，请渔船捎给爸爸妈妈。就这样，王苏慢慢成长为一名合格的"后勤部长"。

王继才和王仕花守岛三十二年，王苏也做了二十多年的"后勤部长"。

由于经常泡在咸腥的海水里，王继才和王仕花落下了不少病根：湿疹、关节痛、双手变形。

生了病，能拖就拖着，能忍就忍着。

有一次王继才的小病硬是被拖成了大病。那是一九九九年九月，王继才突然肚子疼，他以为吃了不洁的食物，便自行服了药，可是总不见好，而且越来越痛，甚至痛得夜里无法入睡。

在王仕花的劝说下，王继才同意下岛去镇卫生院输液。

然而一连输了十五天的液，他的肚子仍不见好。

这天，医生表情严峻地建议王继才转到大医院去，做一个全面的检查，再对症治疗。

医生的神情让王仕花感到了病情的严重性，王继才却不想转院，转院意味着要花更多的钱，他哪有那么多钱？

王仕花没有听王继才的，硬是带着他去了不远的杨集医院。

三天后，王继才的病情不但没有好转，还出现了恶化的迹象。他腹部肿大，不能进食，还便血。

主治医生爱莫能助地说："你们赶快去连云港第一人民医院，否则……"

"否则"后面的话医生没有说，但是他们都听懂了。

于是，王继才又被转到了连云港第一人民医

院。经过全面检查得出的结论是：王继才胆囊发炎、胃穿孔、腹腔大面积感染，还包括一系列的并发症。

医生不解地问："你们怎么不早来呀？"早一点儿来，就不至于出现这么多的问题了。

但他们只是想省一笔开支，只是以为拖一拖病就能好了。

医院下达了病危通知书，希望王继才尽快进行手术治疗。

然而，王继才却拒绝手术，他要回岛。

这次生病几乎花光家里的积蓄，再要手术，就得去借钱。能跟谁借钱呢？要是借了钱，病还是治不好呢？以后的日子要怎么过呀？

王继才想到了最坏的结果，他要替王仕花和三个孩子考虑。

他的态度异常坚决，怎么也不听妻子的劝说。王仕花的态度同样坚决，她不允许王继才放弃治疗。

最后，两人各退了一步，王继才去了王仕花表哥开的小诊所治疗。小诊所离他们镇上的出租屋比较近，这样也方便王苏抽时间来照顾王继才，方便王仕花在开山岛与诊所之间来回跑。

在小诊所治疗一个多月后，王继才的病奇迹般地好了，他肚子不痛了，饭量增加了，脸上的气色也越来越好。

他开玩笑地说："阎王爷知道我得守岛呀，要是把我收去了，谁来守岛呢？"

王仕花的表哥希望王继才再休养一段时间，哪怕是一个星期，但他还是迫不及待地回到了岛上。这是他离岛时间最长的一次。

看病欠下的治疗费用，夫妻俩一年后才还清。

这个家就是这样始终过着一贫如洗的生活。

当电视、冰箱、洗衣机在全国各地都普及了的时候，王继才和王仕花的家里依然什么也没有，就好像被这个时代落下了。

在那个"允许一部分人先富起来"的年代，如果不是因为要守岛，凭着王继才的勤劳能干，他完全可以过上衣食无忧的日子，况且那时候王仕花也必定已经成为正式老师了。

在王继才的亲戚里,有一位堂姐在上海跑运输。她曾来看过王继才,希望他能离开小岛,跟她去上海挣大钱。堂姐给王继才描绘了一种令人向往的日子,说得王继才一连几天心里都无法平静。谁不想过好日子呀?可是,他要是离开了,又有谁愿意来守岛呢?

最终,王继才还是谢绝了堂姐的好意。

其实,即使守岛,王继才和王仕花也是有机会"轻轻松松"挣钱的。

开山岛的特殊地位,使得一些心术不正的人一直觊觎着它。有人企图用金钱收买王继才和王仕花,出手就是十万元。对于缺钱的他们来说,这完全是一个天文数字,这笔钱可以解决家里多少困难呀。

还有人假借开发开山岛的名义,企图在岛上进行非法经营,并许诺会同夫妻俩平分收益……

然而,王继才和王仕花始终不曾对不义之财心动。

对他们而言,守岛绝不仅仅是"守着"那么简单。在无数次的诱惑面前，他们十分清楚，只要收下不法分子给的金钱或者好处，他们从此就不再是光明磊落的"兵"，而开山岛也将沦为不法之地，不法分子将利用这里肆无忌惮地走私、偷渡。

由于拒绝被收买，王继才和王仕花遭到过坏人的威胁和毒打，还有不法分子甚至纵火烧了他们的哨所值班室，使多年记录的海防日志和文件资料在大火中化为灰烬。

不属于自己的钱，坚决不要。王继才和王仕花以这样最朴素的信念，守护了开山岛这一块净土。

永远的守岛人

王继才和王仕花依依不舍下了岛,他们把开山岛交给了大女儿王苏。

这是王苏成年以后第一次一个人独自守岛,时间是七天。

一开始王苏把守岛看得比较简单,她对这里熟悉得不能再熟悉了。不就是替爸爸妈妈守几天吗?岛上能有多少事情?即使一两天无人守,想必也无关紧要。

不过,这念头刚从脑子里冒出来,王继才就叮嘱她说:"你每天必须按时升国旗,要记录好海防日志,要查看好各项气象数据,有什么突发情况要及时向上面汇报……"

王继才严肃的表情提醒王苏：守岛是丝毫不能懈怠的大事。

九月下旬的苍蝇蚊子依然猖狂，王苏早已经领教过它们的厉害了，她并不在乎。王苏也不担心岛上饲养的鸡和狗的安全，开山岛就是它们的天下，只要它们愿意，可以尽情地在开山岛闲逛。至于夜里睡觉，王苏过去在岛上往往脑袋一挨上枕头，就能很快进入梦乡。

然而，当夜幕降临，在王苏做了所有应该做的事情后躺到床上时，她竟然没有睡意，脑子格外清醒。她能清晰地听见海浪拍打岩石的声音，甚至听见外面秋虫的低吟……

她索性坐起来，拿出手机给爱人打电话，问他这时候在做什么，问孩子是不是睡觉了……

手机那头爱人随意地问了一句："你是不习惯一个人在岛上吧？"

王苏的脸热了一下，连忙否认，匆匆结束了通话。

王苏承认，爱人的话说到她心里去了。虽然她无数次地来过开山岛，也无数次地在开山岛过夜，但以往都是她和爸爸妈妈、弟弟妹妹在一起，而现在整个开山岛只有她一个人。

只有她一个人!

夜晚显得特别漫长，白天也显得特别漫长，她心里总是空落落的，空得发慌。

独自一人守岛的经历使王苏彻底理解了爸爸妈妈：难怪他们在岛上栽活一棵树会那么开心，难怪他们要在岛上种菜种草，难怪他们对狗和鸡的感情那么深……

他们守岛守了那么长时间，是怎样一步步走到今天的呀？那需要多大的毅力、多大的自我牺牲精神？

爸爸妈妈真的太不容易了!

王苏心里升腾起一股对父母从未有过的情感——敬意。后来，每当王继才和王仕花外出，王苏就主动承担起守岛任务，并且一再跟他们说："岛上有我在，你们就放心吧，该逛就好好逛，该玩就好好玩!"

本来这次守岛的时间是七天，结果王苏守了五天，王继才和王仕花就提前回来了。他们一方面是放心不下开山岛，另一方面是很不习惯外面的生活节奏。

王继才和王仕花这次去的地方是北京，以获奖者的身份参加一个颁奖典礼。首都北京是他们一直以来非常向往的神圣之地，激动、幸福之感难以言说。然而，他们的不适应也是显而易见的：辨别不清方向，面对车来人往的马路不知道怎么迈开脚步，不善于表达，反应木讷……

外面世界的繁荣与精彩远远超出了夫妻俩的想象。

他们是守岛人，觉得终究还是守岛自在。他们习惯了岛上那寂寞中的平静、按部就班中的从容、一成不变的日子……

开山岛没有日新月异的变化，有的只是四季更替和两人守岛不变的初心。

王继才和王仕花走出开山岛，跟媒体有关。

大量的报道把夫妻俩守岛的故事传遍了大江南北，小岛的平静被打破了，不断地有人来采访，也不断地有人来看望他们（包括慰问演出）。他们也开始走出小岛，去参加各种颁奖典礼、各种晚会，参加电视台的节目录制，对他们的事迹进行宣讲……

王继才和王仕花获得了许多荣誉："时代楷模""全国十大海洋人物""五一劳动模范""全国情系国防最美家庭""全国爱国拥军模范""江苏省海防先进个人"……

当然，开山岛的条件也借此得到了极大的改善，有了充足的淡水，还通了电。岛上还有了一座全钢移动升旗台，以及一根六米高的不锈钢旗杆，这是天安门国旗班首任班长董立敢以及几任国旗班班长一起自发捐献的，他们还来到开山岛和夫妻俩一起参加了一次升国旗仪式。

王继才和王仕花成了"名人"，成了英雄。

这一切来得如此突然，犹如梦幻。

有人说，有付出就会有回报。然而，王继才和王仕花这对英雄夫妻从来就没有想过回报，如果只是想着所谓的"回报"，他们不会无怨无悔地坚守孤岛三十二年。

有人说，王继才和王仕花终于苦尽甘来了，但是他们的快乐其实也与守岛密不可分。三十二年守岛岁月里，他们虽然经历了无数的艰苦、无数的辛酸，甚至差点丢了性命，可他们也有独属于自己的浪漫和甜蜜，还养育了三个懂事、不负所望的儿女。

还有人说，都成名人了，就不用再守岛了吧？该过过清闲富足的日子了吧？实际上，面对鲜花与荣誉，王继才和王仕花有过心虚，有过惶恐：守岛就是守家，他们只是做了分内的事，只是履行了承诺，怎么就因此成了名人呢？又怎么称得上是英雄呢？

他们对"成名"的日子真的很不习惯。

在岛上，或者在他们陆地的家里，看不到任何证书和奖状，他们把这些荣誉的证明都收了起来，怕扰乱了心境，导致虚荣、骄傲。

王继才和王仕花也怕"名人"和"英雄"的头衔会影响三个孩子——他们还能像以前一样做人做事吗？

王继才和王仕花一再对孩子们说，也说给自己听:"以后会有许多双眼睛看着你们,你们只需记住,你们的爸妈只是普通人,做了他们应该做的事情,将来他们还会继续做下去……"

王继才和王仕花是这样说的,也是这样做的。每一次外出归来,他们总是第一时间回到开山岛,只有做开山岛民兵哨所的哨兵,他们才感到踏实,睡觉香,吃岛上的粗茶淡饭也香。

王继才和王仕花愿意一直一直守下去。他们甚至约好了,如果有来世,他们依然做夫妻,依然做战友,依然一起来守护开山岛……

中华先锋人物故事汇　王继才　王仕花